Jennifer Murzeau

LA DÉSOBÉISSANTE

roman

Robert Laffont

ISBN 978-2-221-19292-4

À Nine

« Étrange faillite que celle de notre civilisation qui naufrage à l'instant de son triomphe. Cependant, dans ses débris et sa poussière, l'homme à tête de nouveau-né réapparaît. Il est déjà mi-liquide, mi-fleur. »

René Char,
Guirlande terrestre pour un ange de plomb

« Penser, c'est avant tout vouloir créer un monde. »

Albert Camus, *Le Mythe de Sisyphe*

Prologue

L'imposante verrière accuse l'ardeur du soleil, recrache ses rayons tous azimuts. Climatisée plus que de raison, la salle de réunion qu'elle abrite demeure indifférente à la chaleur. Les sept êtres assemblés afin d'aborder très solennellement la soirée de lancement de la gamme aromatisée des foies gras Monthierry également. Certains cependant ont revêtu leurs lunettes de soleil pour éviter l'éblouissement. Les autres ont deux petites fentes inconfortables à la place des yeux. Tous cherchent à exister en brandissant les bonnes idées. L'enjeu est de taille. Les prestigieux foies gras Monthierry ont connu une baisse des ventes insupportable après la diffusion sur Internet d'une vidéo révélant les conditions d'élevage de leurs canards. On les découvrait compressés dans des cages individuelles, les ailes ensanglantées, le bec dégoulinant des restes de la bouillie qu'un homme en blouse avait poussée dans le fond de leur gorge à l'aide d'un tuyau, la tête pendante, choqués encore par la violence de cette routine qu'ils connaissent plusieurs fois par jour. On découvrait aussi des canettes broyées vivantes, parce qu'inaptes à enfler du foie comme les mâles, et ressortir parfois de la machine déchiquetées mais encore conscientes. Par chance, l'humain a la mémoire courte et le client ne doute pas qu'une soirée festive, à l'issue de quelques mois de discrétion absolue, un brin spectaculaire, agrémentée de la présence de deux, trois starlettes télévisuelles, ne le remette en selle. Cet événement signera sa renaissance. C'est en tout cas ce qu'il attend de l'agence, en échange de 175 000 euros. Grosse pression donc pour la grosse agence. Qui explique certainement les gesticulations de Grégoire. Trentenaire juvénile, il agite les bras dans des mouvements amples qu'il accompagne de sophismes, avachi sur sa chaise, feignant la nonchalance, un cure-dents entre les lèvres. Judith renchérit, suivie de près par Frédérique qui marche un peu sur la fin de sa phrase et lui dérobe l'air de rien la parole. On participe, on piétine. Tout est très prétentieux dans cette pièce. Les gens, les meubles, la couleur des murs. En bout de table, Alain impose sa voix grave, sans effort, le dos calé contre le dossier de sa chaise, les jambes croisées, le bout de l'une de ses chaussures traçant de calmes cercles dans l'air, la main droite armée d'un stylo décoratif. Le patron a parlé. Il n'a rien dit de brillant, mais il a parlé et déjà les exécutants se rangent à son avis. Jeanne mime l'approbation en faisant nerveusement tourner sa bague. Elle tient ce bijou délicat de son arrière-grand-mère et, à chaque demi-tour, elle pousse la perle qui l'orne d'un doigt ou du pouce pour impulser le tour suivant. Déjà 374 tours depuis le début de la réunion et son annulaire est rougi. Elle n'a rien entendu des derniers échanges, rendue presque sourde par un bourdonnement incessant et meurtrie par un mal de crâne qu'elle tente d'assommer en picorant des Nurofen comme des Dragibus, avec quelques gorgées de Coca Zéro. Jeanne est directrice de production et fort peu à l'aise avec cette mission. Contrairement à la plupart de ses collègues, qui n'ont pas souhaité le faire, elle a visionné la vidéo des élevages. La découverte de l'horreur industrielle au service du plaisir humain l'a sidérée. Plusieurs minutes, elle resta immobile, son iPad sur les cuisses. Elle tenta le lendemain de se soustraire à l'organisation de cet événement, mais Alain balaya sa requête et en profita pour lui préciser qu'elle ferait bien de se défoncer pour en mettre plein les yeux au client parce que sa petite baisse de régime commençait à se faire longue. Il s'agirait de se reprendre, hein. On fait pas l'une des plus éminentes agences d'Europe avec des mous, avait-il ajouté en la raccompagnant hors de son bureau.

Jeanne était repartie à son poste, la jambe fébrile. Elle n'était pas molle. Elle était tout le contraire. Elle n'était que tensions et contractions. Et à cet instant, elle était une fille qui allait devoir trimer pour organiser une soirée à la gloire d'un mets barbare. Une fille qui allait devoir enfouir cette idée, au moins pour quelque temps. Elle en enfouissait un paquet, des idées. Car elle luttait contre une terrifiante culpabilité. De celle qu'on ressent lorsqu'on a quelque chose à cacher. Quelque chose d'inavouable. Un gros ras-le-bol. Une déréliction. L'impression de surnager pour produire des déchets, de s'user pour du vain, de boire la tasse au milieu d'une bande de fous, d'escrocs, ou d'incompétents, au milieu du néant. Une immense faiblesse.

La consigne était l'abstraction. Pas de canard, pas d'images de terroir, rien qui puisse réactiver le souvenir de la vidéo ou l'évocation d'un mensonge. De l'abstrait donc. Jeanne fixe son écran sans le voir. De l'abstrait. Elle cligne des yeux, se redresse. Du grand spectacle. Alain avait fini par lancer des propositions éculées. Il fallait un concert, un groupe consensuel, une soupe à la mode, une merde qui passe en boucle sur W9, quoi. Et un photocall à l'évidence, et puis des canapés de foie gras designés par un chef renommé de fusion food, et puis une espèce de rivière pour les distribuer, qui serpenterait à hauteur de hanche entre les invités. Avec une cascade, pourquoi pas ? Ah, et une installation genre art numérique. Ça allait les impressionner, les charcutiers. Il fallait voir les choses en grand, c'était la seule consigne. Que chacun se démerde comme il voudrait mais qu'on garde bien ça à l'esprit. Donc du déjà-vu, OK, mais en grand. En très grand. Il incombait donc désormais à Jeanne de donner corps, avec force logistique et horaires de travail élastiques, à ce brief désinvolte.

Le chantier est considérable, les délais infernaux. Jeanne ne sait pas par où commencer. Des fourmis engourdissent ses mains, symptôme familier depuis quelque temps auquel elle ne prête pas attention, pas plus qu'aux autres. Elle s'empare gauchement de sa souris, clique sur l'icône « mail ». Pendant les quelques minutes apathiques qui viennent de s'écouler, treize messages déjà ont défilé en haut à droite de son écran pour rejoindre sa boîte de réception. Et des dizaines se sont précipités pendant la réunion. Ils ont vibré, un par un. Elle les a sentis, vus, entendus. En a consulté certains. Il s'agit maintenant de les trier, les lire, dégraisser, pour s'en sortir. Ne pas paniquer. Procéder par priorisation. Identifier les urgences. Mais sa vue se brouille. Sa respiration trébuche. Elle ne sait plus comment on fait. Se concentre. Inspire. Expire. Non, le souffle est court. Il ne veut plus entrer, plus sortir. Jeanne étouffe. Elle jette des regards inquiets vers l'open space. Son bureau se trouve à l'écart mais il n'est protégé que par des cloisons de verre. Elle est exposée. Elle déploie une concentration folle pour reprendre possession de son corps, pas question d'être vue pendant cette pathétique agonie. Tremblante, elle gobe un Valium, puis parvient à reprendre le contrôle, mais se sent vidée. Pas le temps de se sentir vidée. Elle clique. Et brûle une heure pour gérer ses mails, répondre à Grégoire, Alain, Judith, Étienne Corter, Martin Schutz, Léo Bel, Farid Derza, Didier Michelon, Laurence Zaïn, Thomas Jeurtot, Daniel François, à tous les autres, à toutes ces personnes qui font part de problèmes, de retards de planning ou d'injonctions, qui tendent des smileys pour faire passer la pilule ou plaquent un ton ferme pour étendre leur empire sur le destinataire.

Jeanne doit avancer sur Monthierry.

Mais éteindre quelques feux d'abord. Elle appelle, textote, WhatsApp, s'impatiente si les réponses ne sont pas instantanées, s'interrompt constamment pour vérifier que les mails qui continuent d'affluer à chaque minute ne sont pas de nature à lui nuire s'ils sont temporairement ignorés.

Jeanne n'avance pas sur Monthierry.

Sept heures. Les ondes de la matinale de France Inter déchirent le sommeil anxieux. Jeanne ouvre les yeux, le cœur haletant. Le réveil se tait tout seul, pour quelques minutes. Elle doit préparer sa réunion de 10 h avec Alain. Elle a travaillé jusqu'à minuit la veille, mais n'a pas eu le temps de produire un contenu performant. Il faut se lever. De toute façon, la nausée qui lui étreint la gorge rend cet ultime bout de nuit extrêmement déplaisant. Le réverbère de la rue éclaire la buée qui s'est déposée sur la fenêtre. Jeanne observe deux gouttes faire la course jusqu'en bas de la vitre. Cette obscurité humide n'est pas engageante. Pourtant il faut y aller. Elle contracte les muscles habituels pour se lever mais son corps reste inerte. Une tétanie se propage, elle la sent progresser le long de ses membres. Impuissante, elle assiste à cette révolution sensorielle. Maintenant, ses mains forment d'étranges pinces qu'il lui est impossible de desserrer. Terrorisée, elle veut appeler à l'aide mais aucun son ne daigne retentir. Elle voudrait s'agiter, demeure raide comme une morte. Elle est seule. Depuis trois mois. Margaux l'a quittée parce qu'elle travaillait trop, parce que ça n'était pas une vie. Jeanne se met à pleurer, toujours incapable de produire le moindre son, apte seulement à pousser hors de sa gorge étroite de longs gémissements de désarroi. Elle fixe le plafond, se concentre sur sa respiration, comme on le lui a appris à ses cours de yoga, lorsqu'elle prenait encore le temps de s'y rendre. Elle fait des efforts inouïs pour ne pas penser à sa réunion. Dès que celle-ci s'invite dans son flux de conscience, la tétanie reprend de plus belle. Elle parvient à attraper son téléphone, tape un texto minimaliste du bout de l'une de ses pinces. Sa sœur arrive une demi-heure plus tard. Elle se précipite auprès de Jeanne. Elle a appelé un médecin, il arrive.

« Non, s'exclame Jeanne. Non, c'est rien, ça va aller. C'est une crise, je suis fatiguée, c'est tout. J'aurais pas dû t'appeler, te déranger comme ça, c'est ridicule. J'ai une réunion à 10 heures. Pardon, pardon.

— Qu'est-ce que tu racontes ? Tu délires ! Regarde-toi, t'es toute blanche, tu trembles de partout, y a cinq minutes tu pouvais même pas bouger ! Tu crois que j'ai pas vu ton petit manège depuis des mois, à escamoter tes emmerdes de santé ? Tu perds tes cheveux, tu fais des torticolis, tu t'attrapes toutes les merdes qui passent. »

Jeanne ne dit rien. Elle regarde sa sœur, les yeux mouillés.

« Alors t'arrêtes tes conneries maintenant. »

Jeanne attrape son portable avec des gestes convulsifs.

« Qu'est-ce que tu fous ?

— Rien, t'inquiète, je vais le voir, ton médecin. »

Jeanne veut consulter son agenda, hypocrite et n'envisageant pas de ne pas se présenter au bureau aujourd'hui. Elle improvisera sa réunion, voilà tout. Mais les icones de son iPhone ne lui évoquent rien. Elle ne sait même plus comment il fonctionne, où se trouve l'agenda. L'écran devient flou, la panique revient. Dans un réflexe de fuite, Jeanne veut se lever. Elle tombe, paralysée.

À l'hôpital Lariboisière, le verdict est sans appel. Les deux mots l'assomment. Burn out. Ce fléau dont elle se pensait à l'abri, qui ne pouvait pas ébranler une personnalité comme la sienne, qu'elle percevait comme l'aveu d'un échec, vient pourtant de s'abattre sur sa carcasse devenue frêle.

Syndrome bien connu d'un début de XXIe siècle en manque de sens, où le travail n'est plus, souvent, que vacuité et souffrance, il l'a fauchée elle aussi.

Jeanne trouve encore la force d'avoir honte. Puis sombre dans un profond sommeil.

1.

Bulle ouvre ses yeux bleu acier sur le bracelet électronique qui vient, d'un coup d'aiguille microscopique, de prélever la goutte de sang nécessaire au diagnostic.

Il projette le résultat. En 3D et lettres capitales, celui-ci est impérieux.

« BULLE ORSEN, VOUS ÊTES ENCEINTE DE 24 JOURS. »

Elle est assise mais craint de chuter. Dans l'étroite cabine des toilettes, elle prend appui sur les deux cloisons. Elle ne peut réprimer une onde de joie, fulgurante et vite évanouie. Une fois l'onde passée, s'épanouit l'angoisse, tranquille ; celle-ci a tout son temps, toute sa légitimité. Dix minutes passent. Brusquement, elle se redresse, tend l'oreille. Pas un bruit. Elle sort de la petite cabine, véloce, se rue sur un robinet et asperge son visage congestionné. Il s'agit de garder la tête froide, de faire ce qui doit être fait.

Dans le long couloir qui mène à son bureau, elle ne rencontre pas une âme. Il est assez rare que les humains se croisent dans les dédales de l'immeuble. Obnubilés par l'impératif de performance, en dehors des heures de départ ou d'arrivée, les salariés quittent rarement leur poste. Avoir un travail est un privilège pervers qui justifie tous les sacrifices. Bulle progresse au pas de charge, et arrive enfin à son bureau. Un petit cube de verre côtoyé par cinq autres. Chacun est à son poste. Bulle ne connaît pas ces gens qui pourtant partagent son lieu de travail depuis parfois plusieurs années, et qui font a priori à peu près le même boulot qu'elle, pour d'autres infomédias. Elle pénètre dans son cube et prend place sur une chaise. Sa détermination l'anesthésie. Ses doigts galopent sur le clavier virtuel, puis s'élancent dans les airs pour cliquer là où il faut sur la projection produite par l'holordi. Voilà. C'est programmé. Les épaules basses, Bulle ne bouge plus d'un cil. L'holordi a ravalé sa projection. Pour quelques secondes seulement car déjà les mails surgissent dans l'air les uns à la suite des autres. Bulle garde les yeux dans le vague. Elle avortera le jeudi 29 novembre 2050. Une date dans sa vie. Elle va devoir supprimer ce qui pourrait devenir l'enfant d'Ernest, c'est cela qui l'attend. Leur enfant. Le 29 novembre. Elle s'est toujours interdit de l'envisager, cet enfant, mais évidemment. Évidemment qu'elle voudrait le porter, l'élever, le voir rire. Seulement, il n'y a plus de quoi rire. Et où s'émerveiller ? Il n'y a pas d'issue, elle a fait l'expérience de ce cul-de-sac existentiel mille fois déjà. Le 29 novembre. Elle ne fait pas tellement attention aux dates, la vie coule, voilà tout. Bulle se fraye un chemin au milieu du laid, de la violence et de la mort, prend du plaisir dans les interstices, trouve refuge dans les bras d'Ernest, se rebelle en tenant un blog sur un site planqué dans le Deep Web que quelques âmes éveillées suivent avec un intérêt inconstant. Ces profondeurs-là lui assurent l'anonymat mais aussi une faible audience puisque l'immense majorité des humains connectés se repaissent d'un Internet phagocyté par les grandes entreprises, qui le dessinent à leur image, tout à fait indifférentes à cette manipulation comme à la revente de leurs données. Pour quelques-uns donc, Bulle dénonce le n'importe quoi, révèle les infamies, fait enfin ce pour quoi elle voudrait être payée entre ces murs de verre. Mais on ne demande plus à quiconque d'enquêter, d'analyser, de fouiller.

Les journalistes n'existent plus. Et aux « producteurs de contenus » qui leur ont succédé, on demande rigoureusement le contraire. Bulle en tant que *chief editor* a pour mission de coder des algorithmes qui pondront eux-mêmes des articles de nature à ne pas fâcher les actionnaires qui détiennent l'infomédia, simple vitrine des divers produits qu'ils ont à vendre. « L'information » est le support de la publicité. Et Bulle honnit cette mission à laquelle elle n'ose pas renoncer. Cela fait plusieurs secondes qu'elle s'emploie à ignorer un film publicitaire que l'holordi a lancé en l'air afin de ne pas interrompre le fil de ses réflexions. Mais lorsque la pub s'achève, une autre lui succède.

Une voix de femme stridente envahit la pensée. « Avec Shoezy, je reçois mes chaussures rêvées sans avoir rien à faire. Shoezy sélectionne pour moi les modèles que j'aime et me les livre à domicile. Des milliers de modèles disponibles ! Pour seulement 25 dollars par mois, je mets mes rêves à mes pieds ! Shoezyyyyyy ! » clame un chœur synthétique. Impossible de baisser le son.

Bulle ordonne « Payer ! » d'une voix rauque. Cela ne change rien. La pub se poursuit. « Du plasticuir premium pour une qualité d'exception. C'est la... » « Payer, putain ! » hurle-t-elle.

La pub est suspendue. « Vous souhaitez supprimer cette page pour la somme de 20 cents ? Confirmez par oui, ou changez votre...

— Oui ! » beugle-t-elle de plus belle.

La pub et l'écran de confirmation s'effacent enfin. Les têtes des occupants des cubes de verre environnants se tournent mécaniquement vers elle, puis, placides, s'orientent à nouveau vers la projection de leur holordi.

Bulle se racle la gorge et reprend son travail. Elle relit un post portant sur l'émergence de nouvelles îles artificielles au large du Var, afin d'offrir aux touristes fortunés des stations balnéaires, celles des côtes ayant été englouties par la montée des eaux. Pour son blog, Bulle a enquêté, s'est même rendue sur place, et y donne une version nettement moins sucrée de « ce paradis technologique » qui promet 27 °C toute l'année, les îles étant encapsulées sous des dômes transparents, comme à peu près tous les lieux de vie destinés aux êtres les plus riches de la planète, ceux-ci goûtant peu les températures caniculaires qui sévissent partout. Dans le post qu'elle relit d'un œil las, il n'est pas question des tonnes de sable dragué au fond de la Méditerranée, procédé qui achève d'anéantir la faune qui s'y débat encore. Pas question non plus du bilan carbone désastreux du chantier. Pas question enfin du fait que ce projet cynique est porté par Audrin Eltak, magnat du gaz de schiste, qui compte bien approvisionner ces grosses bulles avec le gaz extrait des confins de l'Antarctique, celui-là même qui a valu aux habitants du Groenland de quitter leur île, celle-ci étant irrémédiablement pourrie par les fuites produites par la fracturation hydraulique.

En revanche, entre les lignes enthousiastes sont disséminées çà et là des publicités. Le texte du post lui-même abrite des allusions commerciales bien senties, afin de promouvoir quelques-uns des produits d'Audrin Eltak, par ailleurs leader sur le marché des cosmétiques.

Bulle met en ligne. Un frisson honteux glisse le long de son dos.

À 19 heures, elle quitte la tour. Elle marque un temps d'arrêt. C'est bien la première fois qu'elle ne se rue pas hors du dôme du Ier arrondissement. Cette température artificielle, ce léger reflet quand on souhaite regarder le ciel, ces êtres qui glissent vite et regardent droit devant eux. Bulle les considère, les bras ballants. Ernest. Retrouver Ernest.

Elle se met en marche. Dans le flux des piétons roulants de la rue de Rivoli, elle est lente et doit faire attention à rester dans sa file pour ne pas gêner la progression électrique des autres. Les rares marcheurs font figure d'obstacles agaçants s'ils s'aventurent en dehors des deux files qui leur sont réservées, au milieu des robots et des humains fonçant, le regard flouté par le monde parallèle que projettent leurs implants oculaires. Aller vite, ne pas connaître de pause, de point mort, de friction, avancer, avancer, avancer. Vers quoi ? Vite. Pourquoi ? Vite.

Bulle ralentit. Un piéton bute contre elle, puis la contourne en maugréant. Elle le regarde s'éloigner, le pas serré. Il marche vite. Il est le seul piéton, et paraît bien fragile sur ses jambes, au milieu des flux denses et ininterrompus de roues et de roulettes. Bientôt il disparaît, happé par l'escalator qui descend vers la place de la Concorde. Alors, un vertige ébranle Bulle. Le petit homme n'est plus. Et les rangs d'humains filant la font tanguer. Elle s'arrête. C'est ridicule. Elle emprunte ce chemin presque tous les jours depuis huit ans. Elle ne connaît que trop bien la valse linéaire des berlines électriques, qui tracent, et s'engouffrent dans les tunnels de la Concorde, le feulement discret des hoverboards impatients qui la doublent. Pourtant aujourd'hui, ces glissades lui donnent le tournis et une légère envie de vomir.

« Bulle Orsen, vous n'êtes jamais entrée chez Bo Madeleine ?! Puis-je vous aider à découvrir nos produits ? »

Elle sursaute, et découvre à sa droite la silhouette holographique d'une « vendeuse » de Bo, une multimarque de luxe installée avec d'autres marques prestigieuses dans ce qui fut la galerie du Jeu de Paume.

Bulle considère l'hologramme calmement, ne lui répond pas, détaille sa longue chevelure brune qui semble si douce, ses yeux anormalement grands, son nez fin, sa bouche charnue, ses clavicules iconiques, ses seins généreux...

« Vous n'avez pas acheté de robe depuis plus de vingt mois. Quel dommage ! Une si belle femme... Nous avons treize robes en solde. Voulez-vous les voir ? Je peux vous y conduire. »

... Sa tenue moulante, ses jambes galbées, cette somme de perfections insolente, créée de toute pièce afin de provoquer l'envie, la convoitise, et de faire passer la consommation pour une solution.

« Les soldes concernent une grande sélection d'articles d'exception.

— Ah c'est pas de chance, j'aime pas trop les articles d'exception.

— Oh, vous trouverez certainement votre bonheur. Je pense d'ailleurs à une veste qui sublimerait votre silhouette et irait à merveille avec le jean Melting Down dont vous avez fait l'acquisition le 13 août dernier sur neosphere.co.

Bulle a l'habitude d'entendre le fruit d'une surveillance de chaque instant ainsi recraché par une intelligence artificielle. Il est impossible d'y échapper. Les tentateurs et tentatrices surinformés sont partout. Mais d'ordinaire, elle marche plus vite et ne laisse pas le temps aux hologrammes tapis à l'entrée des magasins de bondir et de déployer leur arsenal commercial. Aujourd'hui, elle tient à éprouver précisément le quotidien. La « vendeuse » ignore tout de l'ironie. Elle sait en revanche que Bulle ne s'arrête jamais en principe, et en déduit donc que cette interaction est encourageante. C'est pourquoi elle arbore un large sourire et d'un battement de cils se trouve affublée de la veste en question. La voilà qui tourne sur elle-même en continuant d'égrainer flatteries et arguments. Bulle, sans sommation, se remet en route. Elle se refuse à être aimable avec des robots. Cela lui semble aussi incongru que de se montrer polie avec sa brosse à dents. Elle considère que c'est une façon de préserver son humanité dans un monde envahi par ces mirages qui ont relégué l'homme à un rôle insignifiant, celui d'utilisateur.

Un escalator la conduit sous terre. Elle marque un léger temps d'arrêt, l'œil écarquillé, afin de laisser son empreinte oculaire lui ouvrir le portillon de verre. En sens inverse, un homme s'emporte. La sortie lui est refusée. Ses conditions d'abonnement ne lui permettent pas, répète une voix doucereuse, de sortir à cette station. L'homme donne un coup de pied dans la porte. Jure.

Le métro n'est pas accessible à tous, et certaines stations requièrent un abonnement plus onéreux que d'autres. Bulle ne peut s'empêcher de voir dans l'énervement de cet homme la possibilité d'une violence sauvage, la possibilité du meurtre, du viol ou de l'attentat, elle ne peut s'empêcher d'être gagnée par la suspicion. Ce sentiment devenu roi au sein des sociétés du monde entier. La peur est une gangrène. Et elle justifie tout le reste.

Bulle s'engouffre sans traîner dans les couloirs clignotant de publicités. Les écrans se touchent afin que les films publicitaires suivent le voyageur dans ses déplacements, l'accompagnent jusqu'au quai. Les voyageurs prennent place à bord du train. Les visages sont inexpressifs. La plupart des occupants du wagon surfent, regardent des vidéos, lisent des articles ou des messages par le biais de leur implant oculaire. La couleur vitreuse de leur œil l'indique. Bulle a refusé de s'en faire poser un, malgré l'insistance de son employeur et de la publicité. Elle fait désormais partie d'une minorité surnommée « les aveugles ». Elle voit ce type de cécité comme un privilège.

Le train ne part pas. Le bip a retenti puis s'est tu. Depuis rien. Et si le type énervé de tout à l'heure était bel et bien mal intentionné ? Et si, frustré de n'avoir pu mener son entreprise de terreur sous la bulle du Ier, il s'en prenait à ses entrailles ? Et si, en ce moment même, il était en train de braquer l'autre rame, d'en humilier chaque passager avant d'ouvrir le feu et de faire gicler tout ça ? Les entrées des stations de métro sont dotées de détecteurs d'armes, mais certains sont passés entre les mailles du filet, et ont déjà bel et bien fait gicler tout ça. Les robots, censés protéger la population, sont nombreux, mais néanmoins dépassés. L'État est impuissant à endiguer la violence. Elle est bien trop vigoureuse, bien trop nourrie pour être contenue.

Et ce fatalisme qui lubrifie chaque jour qui passe.

Le bip retentit à nouveau et le train se met à glisser, rapide, dans le boyau de béton.

Arrivée chez elle, Bulle observe Ernest à la dérobée. Celui-ci ne l'a pas entendue, tout à son bricolage. Ernest était ingénieur. Comme 71 % de la population, il est au chômage, depuis si longtemps qu'il n'envisage plus de retrouver du travail. Le chômage est irréversible. Comme les espèces animales avant eux, les métiers disparaissent. Mais contrairement à la majorité des gens, Ernest s'est accommodé du chômage.

Les tentations du vide faillirent le perdre cependant. La destitution brutale qu'il connut après son licenciement lui porta un coup sévère. Les repères s'effacèrent un à un, le temps « libre » devint bien vite une prison, coulant comme un poison, poisseux, serpent rampant et menaçant. Et lorsque l'argent vint à manquer, qu'il ne put plus s'acquitter de son loyer, les démons de la rue ne tardèrent pas à faire de lui leur chose. Mais sa rencontre avec Ali, dans le bidonville d'Argenteuil District 2 où il survivait depuis quelques mois, fit de lui un homme nouveau. Une nuit qu'il zonait entre les tentes de plastique à la recherche du shoot qui lui permettrait de s'oublier dans un petit coma, il engagea la discussion avec ce grand type maigre, recroquevillé sur une machine, un fer à souder à la main. Ali se montra amical. Il raconta ses petites œuvres : son écran HD fait de déchets, son projecteur 3D low-tech... Et bientôt, ils s'établirent dans une pièce qui abritait leurs créations. On venait parfois les trouver pour leur demander de réparer telle ou telle chose, ou pour rien, simplement parce qu'on trouvait agréable de regarder des gens occupés. L'un de ces curieux resta. Il s'appelait Ethan, il portait des bras bioniques. Puis Élise, elle aussi, sans le dire, les rejoignit chaque jour, pour fabriquer un vélo ou une casserole, s'offrir la satisfaction de transformer les déchets en objets, la misère en création. Sans l'avoir prémédité, les quatre bidouilleurs firent naître l'air de rien un makerspace. Et se trouvèrent donc bien vite dans l'illégalité. Lieux de création, de fabrication, de réparation, les makerspaces n'étaient pas du goût des multinationales, la plupart des États les avaient donc tout simplement interdits. Les quatres makers déménagèrent plusieurs fois, s'armèrent d'une connexion cryptée et baptisèrent pudiquement le lieu « le bureau ».

Lorsqu'Ernest rencontra Bulle, qui s'était aventurée dans un bidonville du nord de Paris pour son blog afin d'enquêter sur un trafic de jeunes filles, il était stable. Stabilisé en fait par un rapport quasi-maladif à la conception, à l'ingénierie et à la fabrication. Faire était devenu sa drogue, son but et sa bouée. Et Bulle tomba amoureuse de cet homme long, fort et fragile, beau à se damner et dont la passion pour ses inventions suscitèrent chez elle un profond respect. À cette époque, il venait de prendre la décision de mettre au point un système ambitieux de production et de mise en réseau d'électricité par les particuliers. Il en parlait avec éloquence, maniait les matériaux comme le langage avec génie. Il donnait envie d'y croire. Ses yeux verts, ses lèvres sensuelles et ses cils immenses achevèrent d'emporter l'adhésion de Bulle. Il vint vivre avec elle, et tout deux feignirent d'ignorer que ce projet serait immanquablement voué à l'indifférence.

Pourtant la lucidité ne quitta jamais tout à fait Bulle. Les lobbies du nucléaire et du gaz de schiste n'avaient-ils pas mis à genoux, en faisant pression sur les États pour augmenter leurs taxes, le secteur des énergies renouvelables ?

Elle a beau s'enthousiasmer pour la beauté de l'entreprise et le génie de son homme, tourner le potentiel dans tous les sens, elle le voit irrémédiablement se heurter à l'aridité d'un réel débilitant qui ne lui laisse aucune chance de se réaliser.

Et il n'est pas rare que la ferveur d'Ernest lui soit suspecte. Cette fièvre qui le fait vibrer lorsqu'il code ou qu'il assemble. Ces heures volées au cœur de la nuit dont elle ne sait rien, qui lui sont interdites et l'inquiètent parfois. L'idée d'une dévotion stérile. Celle d'un savant fou rendu accro aux saillies de son cerveau.

Appuyée contre le chambranle de la porte, elle ne parvient pas tout à fait à réprimer un sentiment d'aigreur à la vue de cette tête chevelue penchée sur un ouvrage qui ne verra jamais le jour, qui ne les fera jamais vivre. À quoi bon tout ce bricolage ? Serait-elle condamnée à rejeter l'enfant de cet homme, si ce dernier gagnait lui aussi sa vie ? Peut-être qu'à deux, ils auraient suffisamment d'argent pour protéger ce petit et permettre d'autres horizons. Peut-être que c'est n'importe quoi d'assumer à elle seule les revenus du couple. Une colère qui ne dit pas son nom, un sentiment d'injustice, une amertume éclosent, fleurs maléfiques, affamées, et à la recherche du bouc émissaire qui saura les rassasier. Le bouc émissaire ne les entend pas gronder, tout à ses lignes de code.

Bulle étouffe les fleurs. Elle s'approche.

Mais ne lui dira rien ce soir-là. Pas le courage.

2.

De retour au bureau, Bulle est absente. Elle regarde vaguement l'article sensationnaliste qu'elle doit mettre en ligne. Un tissu de détails racoleurs au sujet de l'attaque qu'un gang a menée contre un immeuble banal du XXIIIe arrondissement. Des bombes artisanales. Sept morts. Trois femmes. Un enfant. Des corps démembrés. Une soupe d'angoisse servie pour produire du clic et placer de la pub. Elle soupire. Ses yeux ronds, perdus dans les lettres, les font grossir, grossir, disparaître dans un entrelacs flou et reposant. Un message surgit, brise le nuage.

« URJENT : sui fron pop »

Une petite décharge pince du côté du cœur. La même que la dernière fois. Théophile est son petit frère. Théophile est à nouveau enfermé au camp de détention du Front Populaire, celui de Paris, et l'un des plus grands de France. Passé le bond mécanique qui a suivi la décharge et qui aurait dû la faire quitter son siège, elle hésite. Elle s'est rassise : n'est-ce pas le signe qu'elle en a assez fait pour ce garçon ? Quatre fois déjà, il est venu grossir les rangs des détenus entassés dans les camps gigantesques qui fleurissent dans le pays pour tâcher de réprimer la délinquance, le grand n'importe quoi auquel s'adonnent d'innombrables humains qui, privés de travail et de tout rôle dans la société, depuis des années, des décennies, des générations parfois, ne savent plus quoi faire d'eux-mêmes. L'Occident a engendré un monstre qui le dévore. Bâtir des sociétés sur le travail et la consommation était un calcul hasardeux, et les centaines de milliers de chômeurs qui zonent, la patte lourde, un peu partout sur la planète ne sauraient le démentir. La violence a jailli, marginale d'abord, organisée plus tard, généralisée à présent. La misère l'a prise en son sein, nourrie, vitalisée, lui a donné une force épouvantable, et la voici désormais qui se déverse, aveugle et sourde. Théophile est l'un de ses fidèles serviteurs. Il aime la violence, prétend qu'elle l'apaise. Puisque celle-ci est partout et si terrifiante, il a pris le parti de faire corps avec elle, de l'embrasser pour s'extraire du danger. Une stratégie qui lui réussit moyen. Après chacune de ses incarcérations, c'est à sa sœur qu'il doit sa sortie. L'idée de rédemption lui est étrangère. Le cycle en devient grotesque.

Non, cette fois, elle n'ira pas. Qu'il la fasse, sa peine, qu'il assume un peu.

Mais les images cauchemardesques de ce que Bulle a vu dans ces camps l'assaillent et l'empêchent de se concentrer. Elle a pourtant quarante et un articles à vérifier et à mettre en ligne aujourd'hui.

Lors de sa première visite au camp, elle avait été reçue dans un bureau vitré élevé de deux étages seulement qui n'épargnait rien du spectacle horrifique auquel se livrait, dans une sorte de fosse infernale, une humanité déchirée par sa propre histoire.

Des cris de bêtes, des hommes à peine vivants, obèses ou décharnés, et qui frappent, crachent, lèchent, rampent, pleurent, cette ambiance poisseuse, cette odeur d'urine, le sang de son frère.

« Putain ! » maugrée-t-elle en bondissant, excédée.

Quelle semaine de merde.

Bulle lève les yeux sur les murs d'enceinte immenses. Ceux-ci se dressent vers le ciel sans sembler vouloir s'arrêter, béton furieux censé contenir la folie des hommes. Ils ont été traités phoniquement pour que les cris des détenus n'atteignent pas la rue. Qu'importe, à quelques pas de là, la bulle du XIXe arrondissement protège les oreilles de ceux qui ont de l'argent.

Bulle longe l'interminable enceinte. Le sas d'entrée, enfin. Elle se souvient de ce protocole infernal. Le premier sas, donc. L'exiguïté. L'identification oculaire. L'attente dans le silence. La stérilisation des chaussures, le jet désinfectant sur les mains et les cheveux. Le petit couloir. Le silence, toujours. Cette inquiétante absence de résonance. Puis le second sas, où déjà quelques individus attendent, debout. Bulle les rejoint. Personne ne se regarde. Elle se souvient que les camps sont privés de connexion Internet, et que la privation commence ici. Les occupants du sas sont agités. Dépourvus des fonctionnalités de leurs implants, ou de tout moyen de communication, ils ont des tics, des mains nerveuses, des visages inquiets qui fouillent l'espace pour se trouver un point d'accroche et une contenance. Désormais, chaque minute pèse. Il faut composer avec le réel, faire sans le divertissement. L'ambiance de ce milieu de siècle n'engage guère à créer des liens avec des inconnus. Le repli individuel est la norme, la méfiance une évidence.

Enfin, le sas s'ouvre, laisse entrer un robot. Colossal, il affiche des lignes épurées mais précises qui évoquent la morphologie humaine. Son visage est un écran. Près du torse, il tient un fusil-laser. En s'ouvrant, le sas a également laissé entrer une avalanche de sons humains, brouhaha surpuissant qui prend Bulle à la gorge.

Le robot scanne les prisonniers du sas.

Des hurlements percent le vacarme, par instants. À chacun de ces cris de guerre ou de douleur, Bulle tressaille et sent tout son corps onduler sous l'effet de l'adrénaline. La crise d'angoisse lui tend les bras. La porte du sas se referme, le silence étouffant reprend place. Qu'est-ce qu'il fout ce connard de robot ? On y va ? On attend quoi ?

Des fourmis progressent le long de ses cuisses. Elle palpe l'une d'elles. Comme elle le craignait, elle est insensible, totalement engourdie. Le robot se tourne brusquement vers elle et s'avance. Bulle lève les mains.

« Non c'est bon, y a pas de problème. »

Le robot ne répond pas. Son visage de pixels n'indique rien. Elle tente avec une femme un regard de connivence qui dit « pas commode, celui-là », se prend un vent rafraîchissant.

Un second robot répète en boucle : « Risque de contamination élevé. Merci de revêtir vos masques. Maintenant. » Le visage-écran reproduit les phrases. Bulle à l'instar de plusieurs de ses compagnons en porte déjà un. Il est franchement dangereux de s'aventurer hors des bulles sans protection respiratoire. Elle l'ôte pour enfiler celui que lui tend le robot.

Une fois les occupants du sas équipés, la porte s'ouvre, et à nouveau s'engouffrent les cris des bêtes humaines. Il faut sortir, les approcher alors qu'on voudrait fuir. Un robot précède les visiteurs, un autre les suit. Tremblante en son cœur, la procession progresse dans un long couloir aux murs vertigineux. À gauche du corridor sont enfermés ceux dont les peines durent moins de 6 mois, à droite les peines plus longues. Le vacarme est insupportable. Il est le cri du désœuvrement, de l'absence d'envie, de vision, de foi en quoi que ce soit, le cri des réfugiés d'un climat rendu meurtrier aussi, ivres d'errances et échoués là, le cri de ceux qui fuient les guerres, le cri d'un voisin ou d'un frère. Il est vorace et menaçant. La prison qui l'accueille lui donne des arguments. Entre ses murs de fortune, les hommes y deviennent encore plus fous. Les camps ont poussé comme des champignons à travers le monde ces dernières décennies. La plupart n'ont même pas de toit, ou de cellule. Les détenus s'y entassent à l'air libre dans des cabanes de plastique branlantes, prennent la pluie, acide, et le soleil, brûlant. Mordent, violent, meurent.

Au bout du couloir, les visiteurs pénètrent, terrorisés, dans le bâtiment central. Tour de contrôle, il est une somme d'écrans de surveillance et de commandes, une somme de placards à robots, il abrite également le bureau de Sigmund Vernan. Dans chaque camp, un seul humain se voit responsable d'environ deux cents robots, eux-mêmes chargés de la gestion de plusieurs dizaines de milliers de détenus. Parfois plus de cent mille. Vernan est cet humain ici. Et c'est lui que Bulle est venue voir et c'est là que son chemin et celui de ses compagnons de sas se séparent.

Elle le connaît, elle a trouvé du boulot à sa fille. Depuis, et moyennant tout de même une liasse de dollars grassouillette, Vernan consent à laisser sortir son frère hors procédure. Elle n'en passera pas par la cellule des « réclamations », comme a sobrement été baptisé le formulaire en ligne qui reçoit les demandes de ceux qui sont prêts à graisser des pattes pour faire sortir un proche. La corruption est polie dans les camps. Elle est administrative.

Bulle monte dans l'ascenseur. Transparent, il la propulse au dernier étage du bâtiment, loin du sol qu'elle distingue tout de même, et sur lequel les hommes semblent grouiller comme des vers cannibales. Elle prend une grande inspiration.

Chantage, vol et recel à grande échelle. Vernan égraine, d'une bouche qu'un abus de chirurgie esthétique a rendue à peine mobile, les charges qui pèsent contre Théophile. Face à ce visage de cire frelatée, Bulle est soulagée, son frère n'a tué personne. Mais elle se retrouve assise en face de Vernan pour la troisième fois. Et elle est lasse.

La première fois, Théophile avait été impliqué dans un attentat à la bombe qui avait emporté plusieurs vies dans un bidonville de l'Essonne. Deux mois après son incarcération, elle avait reçu un appel proche de celui de ce matin, envoyé également depuis l'adresse du centre, signe d'une faveur accordée par le directeur. En larmes, il avait juré à sa sœur qu'il était innocent. Il était tuméfié, elle avait payé. Trois jours plus tard, elle apprenait qu'il était l'auteur de la vidéo du drame dans laquelle il louait Oxo en des paroles peu claires.

Oxo est un illuminé décérébré qui trompe l'ennui en embrigadant la jeunesse dans une surenchère d'ultra-violence dont il s'est gavé depuis sa plus tendre enfance à travers les jeux vidéo. Il peut se targuer d'être l'un des terroristes les plus en vue à l'échelle internationale. Thomas Couflond se rebaptisa Oxo en commençant à pratiquer l'e-sport professionnellement. En 2028, il acquit une renommée mondiale en devenant champion du monde d'e-Ultimate Fighting. Richissime et triste oisif, il mit sa notoriété au service d'un projet confus de lutte contre le Krach Suprême, un événement toujours indéfini à ce jour, auquel croient pourtant depuis bientôt dix ans un nombre croissant de serviteurs boutonneux. Oxo est manifestement un drogué demeuré, mais on a les idoles qu'on mérite. Et en ce milieu de XXIe siècle, Oxo était l'idole de centaines de milliers de perdus.

L'année suivante, Théophile avait été arrêté pour le passage à tabac de deux Intégrés, cette minorité d'individus ayant un emploi, ou juste de l'argent. Avec des barres de fer et trois camarades de crimes, il leur avait brisé les membres, méthodiquement, comme un psychopathe. Le rapport établi à partir des vidéos filmées par les auteurs du crime eux-mêmes était accablant. L'un des Intégrés avait succombé à ses blessures. Les deux autres avaient dû subir d'innombrables opérations pour espérer pouvoir remarcher. Théophile avait pris trois ans. La surpopulation carcérale rendait les sentences des algorithmes de la magistrature plutôt clémentes.

Bulle avait tâché d'oublier son frère. Puis, n'y tenant plus, fatiguée des cauchemars que lui inspirait sa présence dans un camp, et de la crainte que cette incarcération le rende plus con et plus abject encore, elle était retournée voir Vernan au bout de deux ans. Elle avait récupéré Théophile dans un état déplorable, gavé de speed, incontrôlable.

« Ah, le voilà, notre champion ! » s'écrie Vernan, alors qu'entre une loque titubante, escortée d'un robot sans lequel elle s'effondrerait.

Bulle fait de gros efforts depuis qu'elle a pénétré dans le camp pour ne pas se laisser émouvoir, pour demeurer cynique et glaciale lorsqu'elle verrait son frère. Il est l'artisan de son sort minable. Ils sont partis des mêmes bases. Elle aussi a perdu son père d'un cancer foudroyant, elle aussi a dû composer avec une mère rendue folle par ce qu'on nomma pudiquement « les événements » de 2030.

Alors que Vernan crachote des sarcasmes qu'elle n'entend pas, elle se donne des raisons de rester ferme devant ce frère amoindri. Se vautrer dans la violence et la drogue n'était pas une fatalité dans leur cas, c'était un choix. Il est né bien moins défavorisé que d'autres, il aurait pu s'éduquer un peu, garder un cap, sinon jouissif, digne au moins, comme elle. Il était un petit garçon brillant. Mais Théophile n'a jamais su quel sens donner à son existence. L'école l'a perdu, tôt. Il ne sait pas écrire correctement, ne déchiffre que le sabir débilitant des messages d'Oxo ou de ses fréquentations abruties. Sa trajectoire n'est que rage et ennui.

Elle l'a tant chéri, ce petit frère, l'a pratiquement élevé. Il était si beau, enfant. Le cœur labouré, elle essaie d'exhumer les traits de cette pureté originelle, fouille ce visage tuméfié, ces yeux inondés de sang. Elle l'a déjà récupéré amoché, elle sait la violence, mais cette fois, elle ne le reconnaît pas.

« Eh ben, on vous le rend ! lance distraitement Vernan en comptant les billets. Je vous cache pas que ça me gêne pas, vu que c'est un petit nerveux, votre frangin. T'es du genre à chercher les coups, toi ? »

Théophile s'écroule un peu plus sous la bourrade de Vernan.

Bulle bondit.

« Le touchez pas ! »

La gorge serrée, et la face empourprée, elle poursuit, prend une grosse voix pour maquiller son émotion :

« Vous n'avez pas honte ? De votre camp ? De l'état de vos prisonniers ? Jamais vous n'avez honte ? »

L'homme se rembrunit.

« Mademoiselle Orsen, je vous prierais de baisser d'un ton, je vous rappelle que je suis en train de vous faire une faveur, là. Donc mollo, hein. Parce que je peux aussi changer d'avis.

— Comme si vous alliez vous asseoir sur 3000 dollars !

— Je ne vous permets pas de me parler comme ça !

— Mais j'ai pas besoin de votre permission. Regardez-vous, avec votre face de comédon, écartelé de la gueule par les coups de bistouri, en train de compter vos billets, la bave aux lèvres. Ah, c'est beau de faire du blé sur la misère du monde. Ça vous donne fière allure !

— Une petite conne frustrée. Voilà ce que vous êtes. Vous avez honte de votre frère, et vous avez honte de vous-même.

— Ouais, c'est exactement ça. Tu m'as percée à jour, Sigmund. Viens Théo, on y va. »

Elle s'approche de son visage, lui parle doucement.

« On s'en va Théo. »

Il pue. Ses yeux peinent à rester en place, cherchent à se cacher de l'autre côté de l'orbite. Il est un junkie finissant, il n'a plus d'âge.

« Bulle ! s'écrit-il d'un coup d'une voix pâteuse. Ma sœur ! Ma sœur jolie ! Tu es venue me chercher ! Ma grande sœur ! » Il fond sur elle, dégouline, la dégoûte à vrai dire.

Le robot ne le tient plus et à nouveau Théophile s'effondre. Bulle le retient comme elle peut.

« Allez, bon vent les enfants, je vous retiens pas », lance Vernan avec mépris en rangeant la liasse de billets dans une poche de son pantalon.

Recrachée sur le bitume moite de novembre, Bulle est hébétée. L'air toxique lui brûle la gorge sans délai. Elle met son masque, se tourne vers son frère. Il tangue en regardant par terre, n'est déjà plus avec elle. Elle lui tend le masque qu'elle a apporté pour lui. Il le refuse d'un geste grincheux du bras. Elle insiste, essaie de le lui mettre elle-même. Il se débat en grognant. Elle voudrait tant s'asseoir, reprendre ses esprits. Mais cela fait bien longtemps que les espaces publics interdisent toute station immobile. Il s'agit de circuler, toujours. D'ailleurs, un robot municipal s'approche déjà. Bulle saisit son frère sous le bras et le traîne jusqu'au métro.

Elle lui jette des petits coups d'œil. Il est si blanc entre les contusions et les flaques de sang séché !

« Tu t'es nourri aujourd'hui ? »

Théophile ne répond pas.

« Théo ? »

Toujours pas.

Plus fort. « Théo ? »

Il tourne mollement son visage vers elle. Sourit. Il lui manque des dents.

« Est-ce que tu as mangé aujourd'hui ? »

Après un long silence, il déclare que non, il ne croit pas, puis est emporté par une affreuse quinte de toux qui l'étouffe à plusieurs reprises. Elle tend le masque à nouveau, et à nouveau, il le repousse.

« Ils vous distribuaient de la bouillie tous les jours, non ?

— Je sais pas. »

Bulle jure et sort de son sac son pilulier. Il est vide. Elle a oublié de le ravitailler.

Elle se résigne à recourir aux immondes bouillies mises à la disposition des citoyens les plus indigents un peu partout dans les rues populaires. Elle sait que cette mixture est abjecte, produit de ce que la chimie sait faire de pire. Certes les pilules qui constituent en général les repas de la classe intermédiaire à laquelle elle appartient n'ont rien de bien noble dans leur composition, mais sont au moins enrichies en vitamines et restent en tout cas moins repoussantes. Du distributeur, sale et branlant, tombe un gobelet de plastique dans lequel coule une matière marron et grumeleuse. Pas de vitamines ici. En revanche, les bouillies promettent cancer et carences en tout genre. Elles ont pour seul objectif de maintenir à peu près en vie, en l'engraissant, le sujet qui les ingère. Le minuscule logo du pourvoyeur, Indepax, se cache derrière des croûtes de bouillie séchée, en bas à droite du distributeur. Indepax est une multinationale qui détient, avec plus de cent enseignes, une part considérable des marchés de l'habillement et de ce qu'il reste de pétrole et qu'on extrait, toujours plus profondément. Comme deux autres mastodontes du néolibéralisme, il a fait le choix d'offrir gracieusement cette boue à quiconque consent à l'ingérer. Une façon de permettre aux pauvres, qui sont légion, de continuer au moins un peu à consommer en économisant leurs allocations qu'ils auraient dû allouer à leur alimentation. Se loger n'étant plus un enjeu puisque, dans l'impossibilité de prétendre financièrement à un toit à peu près décent, ces survivants ont investi les immeubles délabrés et autres ruines des communes qui, ne pouvant plus faire face, ont laissé leur parc immobilier mourir au sein de ce qui est vite devenu un bidonville.

Seulement, les allocations, réduites comme peau de chagrin année après année, ne permettent plus de consommer grand-chose, ce qui remet en question l'opportunité de la part des géants de poursuivre cette politique de « nourriture gratuite », et fait craindre à certains les affres de la faim.

La bouillie gracieuse est produite à peu de frais cependant, cela va sans dire. Pour faire face au réchauffement climatique, à l'absence de pollinisation naturelle, les produits chimiques ayant fini par éradiquer les abeilles jusqu'à la dernière, les mastodontes de l'agroalimentaire rivalisèrent d'ingéniosité. Ils mirent au point des cultures génétiquement modifiées pour résister aux fortes chaleurs et au manque d'eau, aux engrais les plus toxiques, bâtissant des milliers de kilomètres de serres en béton, la terre, gavée de trop chimie étant devenue stérile. Mais ils produisaient de cette façon des aliments toujours moins nutritifs. Alors ils décidèrent de changer de cap, voyant leur clientèle disparaître à vue d'œil. Littéralement. Les céréales, fruits ou légumes ainsi engendrés étaient si peu riches en nutriments que les gens, en plus de nombreux cancers, développaient des carences nutritionnelles graves. Par crainte de famine, l'agriculture de masse fut abandonnée. Les acteurs du marché avait anticipé le désastre et préparé une riposte. Ainsi, le monde découvrit la nanoagrosynthèse, où la chimie n'était plus seulement un stimulant ou un pesticide, mais le cœur même de la production. La nanoagrosynthèse produisait des simulacres pétrochimiques de « végétaux » sur lesquels planait le plus grand secret. Partout, les États favorisèrent son émergence, subventionnèrent les entreprises qui la pratiquaient et se firent leurs meilleurs alliés. Privés d'aides, les quelques résistants de l'agriculture biologique durent vite rendre les armes, incapables de surcroît d'approcher les prix dérisoires pratiqués par l'agrosynthèse. Le fait que la nourriture devienne finalement gratuite ne choqua personne. Cela faisait bien longtemps que les humains souhaitaient dépenser le moins possible pour ce qu'ils mangeaient. N'y plus rien dépenser était une idée qui avait eu le temps de faire son chemin et n'eut aucun mal à se faire adopter des cibles visées par cette initiative. Seuls les ultra-riches mangeaient encore parfois des fruits, des légumes, des céréales, devenus produits de luxe absolu, en dépit de leur piètre qualité. Pas de viande en revanche. Les animaux, devenus de stricts biens de production qu'il s'agissait de faire croître au plus vite, entassés, gavés, abattus, le tout au prix de souffrances inouïes, « poussaient » de moins en moins bien. Ils naissaient sans pattes, développaient des tumeurs énormes, ne produisaient plus de lait et consommaient des ressources en raréfaction. Ils étaient en outre de plus en plus couramment vecteurs de maladies chez l'humain et lui causaient une accoutumance aux antibiotiques extrêmement dommageable. Bref, les « bêtes à viande », ces monstres agonisants dès la naissance, se révélèrent peu satisfaisantes financièrement. On abandonna donc l'élevage. Trente ans avaient passé depuis le dernier steak.

Bulle ne peut réprimer un rictus embarrassé de dégoût en aidant son frère à porter le gobelet à ses lèvres. Celui-ci ne fait pas tant de chichis et gobe la mixture sans émotion. Bulle lui tend ensuite sa gourde d'eau et note qu'en la buvant goulûment, Théophile reprend quelques couleurs.

« Il faut que t'arrêtes tes conneries, Théo. Elles vont finir par te faire crever, et plus vite que tu le penses.

— Je m'en fous, articule-t-il au bout d'un silence apparemment incompressible que Bulle laisse planer.

— Pourquoi tu m'as demandé de te sortir de là, alors ? »

Le silence, encore. Puis, cette réponse, lentement prononcée mais que Bulle reçoit avec la vivacité d'une gifle :

« Parce que ça fait deux mois que je me fais prendre le cul... Quand je peux pas... Quand j'arrive pas à me défendre. »

Le silence à nouveau.

Et cette voix caverneuse qui poursuit mais semble ne s'adresser à personne.

« Aussi, parce que j'en peux plus de me faire tabasser... Parfois... Je me bats... Je me défoule... Et puis je me souviens plus... Je me souviens de rien... Mais il me manque des dents... Des petites quenottes, nin nin nin. Les petites quenottes. »

Un rire bête d'adolescent défoncé secoue la carcasse de Théophile.

Bulle a mal, le prend dans ses bras. Il se dégage de l'étreinte, s'assied au sol. Elle lui dit qu'elle va l'héberger, un peu, le temps qu'il faut. Mais il ne veut pas. Il veut retrouver Dora.

« Elle me manque, Dora.

— C'est qui, Dora ?

— J'espère qu'on me l'a pas piquée. Je l'ai enterrée, pour la protéger.

— Hein ?! Théo, c'est qui Dora, qu'est-ce que tu racontes là ?

— C'est ma poupée. »

Voilà près de quatre mois qu'a commencé sa relation avec ce gros morceau de silicone volé, pour lequel il a vite nourri une folle passion. Avoir des rapports sexuels avec ce type de produits est monnaie courante chez les Intégrés, leur vouer un culte comme le fait Théophile est plus marginal. Seuls les modèles dotés d'intelligence artificielle suscitent d'ordinaire pareil enthousiasme.

«Je pensais tout le temps à elle, au camp. Ma Dora. Ma poupée, ma bombe à moi. Quelle bombe. Je vais la retrouver, dit-il en se levant laborieusement.

— Non, Théo. Tu vas venir avec moi, tu as besoin de reprendre des forces, de savoir où tu vas maintenant. Les séjours au camp, c'est terminé, la criminalité, c'est terminé aussi, il faut que ça soit terminé, c'est ignoble, infâme, et tu vas y laisser ta peau. Allez, déconne pas. Viens, on y va si tu peux marcher. T'as repris un peu de couleurs, c'est bien.»

Elle prend son bras.

«Non, tu me lâches!» hurle-t-il en emportant son bras loin de sa sœur dans un sauvage arc de cercle.

Ses yeux sont sanguinaires tout à coup, une veine a gonflé et dessine une rivière de rage sur son front.

Bulle fait un mouvement de recul. Son pouls s'est accéléré. Mais elle prend sur elle.

«Arrête Théo, qu'est-ce que tu me fais, là? Tu vas te poser à la maison, tranquillement. Reprendre tes esprits, hein?»

Elle avance à nouveau la main vers son frère, mais à nouveau la violence jaillit.

Théophile la repousse et, la mâchoire serrée, articule tout près du visage de sa sœur des mots qui l'enjoignent à ne pas insister.

Alors Bulle accepte de le laisser à son sort.

Il s'éloigne d'un pas pressé et titubant.

« Mais t'arrête de me faire chier à demander que je vienne sortir ton sale cul de tôle ! La prochaine fois, t'y restes, mon grand ! 5 000 dollars, j'ai dépensés pour toi en cinq ans ! 5 000 dollars ! »

Cette démarche nerveuse, cette allure de fou.

« Connard ! lance-t-elle les larmes aux yeux.

— Je t'aime, ma sœur », répond Théophile sur un ton qui échoue à être tout à fait sarcastique.

Sa silhouette malade s'éloigne, et avec elle son mal-être infini. Comme beaucoup de ses contemporains, Théophile n'est jamais parvenu à apprécier le fait d'être en vie, n'a jamais contemplé quoi que ce soit, jamais pris plaisir à écouter de la musique ou à faire l'amour. Il écoute de la Chaoss, une techno ultra hard-core, et baise une poupée de silicone. Il se bat, se shoote, n'apprécie même pas les effets des drogues qu'il teste sans relâche, à la recherche de celle qui lui offrira réellement un congé de lui-même. Sa dépression est profonde, il n'en a aucune conscience. Cela demande une volonté et des ressources d'aimer le fait d'être en vie désormais. Elle n'a globalement plus de valeur. Ce système grotesque a bafoué toutes les formes de vies, a fini par avoir raison de la vie animale, végétale, humaine bientôt. Un système grotesque a eu raison de Théophile.

3.

Derrière une vitre incrustée de pollution, Bulle et Ernest scrutent la nuit parisienne. Les fenêtres ne s'ouvrent pas, l'extérieur est toxique, on tâche comme on peut de s'en protéger. Sous l'extracteur d'air, ils tirent à tour de rôle sur leur joint électronique. Silencieux. Ernest recrache des cercles de fumée. Devant eux, la ville déborde, hystérique de néons, hurlante de publicités. Bulle ouvre la bouche à plusieurs reprises pour annoncer l'odieuse nouvelle, pour parler de l'enfant interdit. Elle prépare des phrases abruptes, des mots qui disent sans détour, mais se dégonfle chaque fois. Les Intégrés ne s'interdisent pas d'avoir des enfants. Ils ont toutes les peines du monde à parvenir à en faire d'ailleurs, rendus stériles par trop de décennies aberrantes. Ils sont résignés, insouciants, un peu cons probablement, pense-t-elle en tirant une bouffée. Les plus aisés se calfeutrent sous leurs bulles et pensent avoir les moyens de se protéger du monde. Bulle n'a jamais envisagé d'habiter sous une bulle, trouve cela vain et hypocrite, et n'en a pas les moyens de toute façon. Elle n'a jamais non plus envisagé de faire un enfant. Pourtant ce soir, elle voudrait de l'argent, elle désire ce bouclier, elle s'illusionne sciemment, renie des années d'analyse du monde environnant, parce qu'elle trouve trop injuste de ne pas pouvoir envisager de garder l'enfant.

« Tu penses à ton frère ? Tu t'inquiètes ?

— Non. Enfin oui.

— Il m'a appelé cet après-midi. Il va dormir au bureau quelque temps.

— Ah bon ?

— Son taudis a été rasé. Ils construisent un centre commercial. Sous cloche.

— Mais pourquoi il ne m'a pas contactée, ce con ? Je lui ai proposé de venir vivre un peu à la maison, mais il tenait à retrouver son taudis. Maintenant qu'il n'a même plus de taudis...

— Il n'a pas envie de nous avoir sur le dos, je pense. Mais ça devrait te rassurer. Tu vois, il t'a écoutée, il a pris une décision sensée, il se met à l'abri, le temps de retomber sur ses pattes. »

Bulle perd des yeux ronds dans le vague des lumières énervées au-dehors. Pas très loin, les dômes les réfléchissent, les rendent plus furieuses encore.

« Et il vient avec une copine. Sa copine apparemment. Dora...

— Ouais, Dora... C'est une poupée.

— Ah. »

Ernest sourit. Mais Bulle ne quitte pas le lointain du regard, elle y reste accrochée.

Ernest a mal lorsqu'il sent sa femme lui échapper comme en cet instant. Il a mal lorsqu'il ne sait pas l'apaiser. Elle se fane, ici. Il lui faut un ailleurs. Il leur faut un ailleurs. Rester, c'est mourir un peu.

« Bulle, je voudrais qu'on parte. Qu'on quitte la ville, les villes, toutes les villes. »

Bulle ne répond pas. Il la fatigue avec ses fantasmes, ses projets irréalisables. Pour aller où ? Bien sûr qu'elle en crève de la ville. Paris est pollué, crasseux, ou endômé, et il s'étend, misérable, sous des cieux charbon, dans une atmosphère étouffante hiver comme été. On vit dans la clim ou dans la soufrière. Et les publicités obstruent les perspectives, bouchent les réflexions, fatiguent les neurones. Peintes sur les trottoirs, immenses sur les écrans, projetées dans les cieux opaques de pollution sitôt le soleil couché. C'est le dernier coup de rein d'un système moribond depuis plus d'un siècle. Bulle et Ernest toisent souvent ces panoramas obscènes, la rétine irritée par mille couleurs criardes qui leur vendent des vacances sous cloche, des pilules de bonheur, des élixirs de calme, des cheveux en silicone, des parcs d'attractions sous acide, des tremplins pour une gloire aussi sordide qu'éphémère, des purificateurs d'air, d'eau, des assurances, des vêtements jetables, un bonheur en plastique, des hommes et des femmes ultra-souriants qui rappellent que tout cela est un cirque qui ne convainc plus grand monde. Pour cette raison d'ailleurs, on achève de brûler les dernières ressources de la planète en obligeant ceux qui broutent encore cette herbe-là à consommer encore plus, en jetant encore plus, des objets qui ont une durée de vie encore moindre.

Brusquement, Bulle ouvre les vannes, dit : « C'est fou, on a un peu de fric, on réfléchit, on conserve un semblant de libre arbitre. Comment peut-on être si peu libres ? On est bloqués Ernest. On est complètement bloqués. Tu veux quitter la ville. Mais pour aller où ? Dans les campagnes que tout le monde a désertées tellement elles sont devenues toxiques, putains de champs de serres chimiques qui ont fait naître des gosses difformes et débiles ? De toute façon, elles sont la propriété des enculés qui les exploitent, je t'apprends rien. Pourquoi tu me dis "Je veux qu'on parte" ? Je sais que tu penses pas à mal mais tu me fais du mal, tu comprends ? Parce qu'on est prisonniers de ce putain d'océan de néons, au milieu de tarés qui pètent les plombs, toujours plus nombreux, qui tuent les gars peinards comme toi et moi, ou s'entre-tuent. C'est devenu la norme. Et il n'y a pas d'ailleurs. Et toi, là... Toi tu... Tu gagnes rien... Tu gagnes pas de sous... Et t'as le culot de venir me dire "On va partir" ! Mais comment on fait ? Avec quelle thune ? Tu te rends compte de la pression ? Je paye pour mon frère, je paye pour toi, je vais bientôt devoir payer pour ma mère ! Et j'ai même pas de quoi accueillir un... J'ai même pas le droit. Ça serait criminel. Ça serait dégueulasse de faire ça, de proposer une vie pareille.

— Mais de quoi tu parles, Bulle ?

— Alors voilà, je suis toute seule, avec vous tous à bout de bras, putain. Je... »

Bulle respire mal. Elle fait une crise de panique. Ça y est, elle est là, elle la tient, cette fois. Les mots ne sortent plus.

Ernest se rue vers la chambre, revient avec un masque à oxygène. Tous les appartements dignes de ce nom en sont dotés.

Bulle inhale, longuement et trop.

Elle part dans une crise de rire irrépressible. Ernest la regarde douloureusement.

Entre deux hoquets, Bulle renifle comme un cochon, rit de plus belle. C'est un rire mécanique qui la secoue, provoqué par la détresse et l'excès d'oxygène. C'est un rire qui achève de l'épuiser. Ernest la prend dans ses bras, tente de la calmer.

Bulle s'y endort comme on s'évanouit.

À 5 heures du matin, elle ouvre de grands yeux. Les referme aussitôt, incommodée par la lumière fuchsia de l'enseigne qui brûle nuit et jour au-dessus de la fenêtre de leur chambre. Elle ignore ce qui, ce matin encore, l'a arrachée au sommeil avec tant de brusquerie. Ses réveils sont toujours blancs. Vaguement paniqués, mais exempts de toutes traces de pensées, de rêves ou de cauchemars. Elle reste ainsi, sur le dos. Immobile et transpirante. Il fait chaud. On annonce le mois de novembre le plus chaud jamais enregistré. Chaque année qui passe est la plus chaude jamais enregistrée. Ernest s'agite dans son sommeil, mâche des mots inaudibles mais véhéments. Elle tourne la tête vers lui, contemple sa nuque, ses cheveux bruns. Elle lui en veut. C'est terrible à dire. Pressé par une colère capricieuse, son souffle s'accélère tandis qu'elle parcourt des yeux ses épaules nues. L'amour et l'irritation cohabitent à quelques centimètres de cette peau qu'elle aime tant caresser d'ordinaire, qu'elle n'ose pas approcher ce matin. Et dire qu'en ce moment même, des cellules se démultiplient au fond d'elle. En ce moment même. Alors qu'il dort tranquillement. Son Inactif. Bulle se recroqueville. C'est nul. Ce qualificatif dédaigneux, cette insulte déguisée qui n'a aucun sens. Il va falloir parler. À son réveil. Ne rien dire tourne au mensonge.

Deux heures plus tard, elle parle. Dans le salon, après avoir avalé ses comprimés nutritifs. « Je suis enceinte, Ernest. »

Les larmes aux yeux, il prend Bulle dans ses bras, qui est restée debout, toute raide, pétrifiée par sa propre annonce. Ils se serrent, l'un contre l'autre, trop fort sans doute, écrasés par la chape de ce non-dit, le poids de la décision, l'avortement. Mais Ernest ne renonce pas. Il prend malgré lui une voix étrangement grave et articule avec aplomb : « Bulle, je voudrais qu'on envisage de le garder. »

Bulle ne flanche pas, s'était préparée. Elle ne veut pas pleurer, gémir, se rabougrir comme une petite fille. Elle est une femme. Une femme lucide qui prétend prendre une décision lucide. Il s'agit de ne pas s'effondrer au premier coup de vent émotionnel.

Comme elle aimerait lui tomber à nouveau dans les bras, pleurant de joie cette fois, comme on voit les gens faire dans les vieux films en pareilles circonstances. « Nous allons être parents », ô joie, ô félicité, ô vertige délicieux. Mais l'émotion de voir son compagnon vouloir créer une famille avec elle est un scandale, et devoir le détourner de cette idée une injustice. Il devrait le savoir, que c'est irresponsable. C'est une provocation d'entendre ça. En elle monte une indignation caverneuse.

« Écoute, poursuit Ernest, qui n'entend pas les rugissements de l'amertume, moi je crois qu'on s'est enlisés dans un sacré bourbier, mais qu'on peut encore agir. Les masses sont trop aliénées pour essayer mais rien ne nous interdit de le faire. Moi, je considère que je suis un résistant. Oui. Dans mon gourbi avec mes bidouillages de production d'énergie propre, mes sarcasmes et mon esprit critique, je suis un résistant. Toi aussi. Et j'en connais plein d'autres. Bon OK, pas plein d'autres. Mais quelques autres. Je veux croire que cette résistance finira par s'imposer, parce que c'est la seule issue pour la race humaine, parce que penser autrement, c'est accepter sa fin.

— Mais t'es pas un résistant ! Elles nous mènent où tes inventions ? Elles nous font bouffer ? Elles pourront faire bouffer l'enfant ? T'es pas un résistant et t'es comme tous ceux qu'ont pas les moyens d'être autre chose, t'es un esclave. Un esclave improductif en plus. Tu t'étourdis de tes inventions, de tes bidouilleries, tu te saoules de tes nuits d'insomnie passées à créer comme un fou un système dont tu sais pertinemment qu'il ne sera jamais utilisé. Tu pousses ta pierre, voilà ce que tu fais, tu pousses ta pierre et elle dévale et tu la pousses encore, parce que tu as peur. Et je te la jette pas, la pierre, moi aussi j'ai peur, et moi aussi, je la pousse. Mais je propose pas de mettre un enfant au monde dans ces conditions, tu vois. Je suis décente, putain ! Alors viens pas me vendre du rêve et de la révolution. T'es embourbé, Ernest. Comme moi, comme les autres. Et c'est moi qui t'entretiens, OK? Sans moi t'es quoi ? »

Bulle rougit de sa bassesse, mais ne la retire pas.

« T'es sérieuse là ? Tu veux me porter ce coup-là ?

— Ben oui, je suis en colère. Je porte l'enfant de l'homme que j'aime et j'ai pas les moyens de lui offrir une vie digne de ce nom, à l'abri du marasme. Parce que l'homme que j'aime est un putain d'Inactif ! »

Le mot claque comme un coup de trique. Minable et brutal. Il accouche d'un silence.

« Mais tu délires, ma pauvre. D'abord laisse-moi te dire que tu te déshonores en assimilant la valeur du travail aux revenus qu'il génère. Je pensais pas que tu serais capable de tenir un jour le discours des quelques ploucs qui dominent le monde. Et puis tu crois que c'est une question de pognon ? Tu crois que si on en avait plein, on serait hypersereins à l'idée d'accueillir un enfant ? Ça t'irait de l'élever sous une bulle ? Tu sais très bien que c'est pas la question, que c'est pas souhaitable, que l'argent n'est ni le problème ni la solution. Les deux sont ailleurs. Et puis je te rappelle que du boulot, j'en ai cherché, longtemps. Y en a plus, OK ? Je te l'apprends, ça aussi ? On était d'accord. On était convenus que c'était plus intéressant que je travaille à mon système d'énergie autonome plutôt que de me tuer à trouver un boulot coûte que coûte, plutôt que d'écraser des concurrents dans ces putains de sessions de recrutement collectif sordides et plutôt que de bosser ensuite comme un chien, sous une pression immonde, à mettre mes compétences au service d'innovations inutiles et polluantes, d'objets designés pour être bons à jeter le plus tôt possible, à renier tout ce que je pense, à me cramer la santé comme ta pauvre mère. Et pour quoi finalement ? Pour pouvoir s'acheter plus de saloperies ? Pour pouvoir voyager de bulle en bulle ? Tu crois que si on avait deux salaires, on vivrait dans un monde parallèle ? Sans pollution ? Sans dérèglement climatique ? Sans déconner, reprends-toi, Bulle.

— Mais quand est-ce qu'il nous apporte quelque chose, ton système d'énergie-là ? Quand ? Je suis désolée, mais pour l'instant, je suis seule à assurer, voilà, c'est tout. T'assures que dalle. Tu sers à rien, bordel !

— Tu persistes. T'es mauvaise.

— Mais je sais, je le sens. Ce monde fait de moi une connasse !

— Je te rappelle en plus que c'était TON choix

de continuer à travailler, malgré la souffrance éthique, le sentiment d'être une collabo, malgré tout. Tu as décidé de t'en accommoder.

— Mais parce que j'ai peur ! J'ai peur de rejoindre les rangs de ceux qui ne gagnent plus rien.

— C'est pas plus de fric, qu'il faut. C'est plus de sens. C'est complètement autre chose. Où tu vas ?

— Je dois aller voir ma mère, suis en retard.

— Tu désertes cette conversation ?

— Oui. »

Elle reste immobile quelques secondes près de la porte d'entrée. Ernest fait non de la tête et la tourne vers la fenêtre, regarde, dégoûté, la nuit électrique. Bulle a une enclume aux pieds, et plus rien dans la tête. Elle dit seulement :

« Pardonne-moi. »

Et prend la fuite.

4.

Dans une pièce petite, blanche et stérile, Jeanne repose sur un lit, parfaitement immobile. Ses yeux ouverts scrutent le plafond, cherchent en vain à accrocher une aspérité. Cela fait six ans qu'elle occupe cette chambre dont elle n'a pas le droit de sortir. Le personnel du centre est incarné par des robots, à l'exception du directeur et d'un médecin en chef qui passe en coup de vent deux fois par semaine. Aussi, il est plus simple de confiner ceux qu'on a décidé de qualifier de fous, d'éviter tout contact entre eux, tout déplacement, qui pourraient occasionner des accidents. Alors, au menu de leur journée, un certain nombre de pilules apportées par des robots peu diserts, et un écran allumé en permanence.

Depuis son entrée dans ce centre, Jeanne a décliné à une vitesse désarmante.

Elle doit sa présence en ces lieux à une tentative de suicide particulièrement ratée. À bout de sa folie et de sa solitude, elle voulut, un soir de juin, se défenestrer. Elle tenta de briser la fenêtre, faute de pouvoir l'ouvrir, avec un tabouret, parvint seulement à alarmer le voisinage avec le raffut que cela provoqua. Lorsque la police arriva, elle était hors de contrôle. On jugea que la place de cette femme était dans ce centre. Au moins temporairement. Et on l'accabla de médicaments. Au bout d'un mois, Bulle voulut la faire sortir, lui proposa de venir vivre avec elle. Mais, toute léthargique qu'elle était, Jeanne trouva l'énergie de s'y opposer fermement. Elle décréta que sa place était au centre. Elle aimait tragiquement le fait de se sentir hors du monde. Aucune protestation de sa fille n'eut d'impact sur elle. Alors Bulle venait lui rendre visite ici chaque semaine. Depuis six ans.

Jeanne tituba longuement après son burn-out de 2015, et fut finalement licenciée. Le père de Bulle, rencontré pendant sa convalescence, tomba amoureux de sa fragilité, prit soin d'elle, la fit sourire, rire même, l'encouragea à découvrir ce qu'elle voulait faire de sa vie, lui fit un enfant, puis un deuxième. Mais, dépourvue de distance, et rongée par le complexe d'être si peu performante dans une société qui le lui rappelait quotidiennement, elle ne découvrit jamais ce qu'elle voulait faire de sa vie. Et lorsque frappèrent « les événements », Jeanne bascula dans un abîme d'angoisse. Maman aimante et protectrice, elle ne sut faire face au tsunami de violence qui s'abattit sur le monde, dans une fureur endémique, qui emporta sa sœur, assassinée, et inaugura les débuts des nombreux troubles psychiatriques – TOC, mutisme, prostration, automutilation, agressivité – qui devaient dès lors rythmer sa vie et celle des siens. Le père de Bulle la porta à bout de bras. Jusqu'à la fin. Une fin vite venue qu'il dut à 56 ans à un cancer des reins. Rien que de très banal, l'espérance de vie des Occidentaux s'étant ratatinée en deux décennies. Le corps humain, copieusement gâté par la pollution, les perturbateurs endocriniens, l'usage abusif d'antibiotiques est affaibli. Il est rare de vivre au-delà de soixante ans. Jeanne est d'ailleurs, à tout juste 65 ans, la doyenne de l'établissement.

À la mort de leur père, Bulle avait seize ans, Théophile quatorze. Ils se retrouvèrent face à leur mère, sans filtre. Toujours terrorisée par le monde extérieur, elle élabora de nouvelles règles de vie. La principale, aussi déraisonnable qu'intenable, était de ne pas quitter le domicile familial. Elle interdit à ses enfants de sortir. Plus question d'aller à l'école. Ses crises étaient spectaculaires. Systématiquement, une blancheur spectrale annonçait la folie déchaînée, les hurlements, le chantage et les automutilations. Il fallait obéir, il ne fallait pas sortir, jamais. Les deux adolescents n'avaient cependant aucune peine à déjouer l'attention de leur mère pour quitter l'appartement puisqu'à l'issue de ses emportements, elle tombait invariablement dans un sommeil profond. Bulle partait en serrant les dents suivre les cours de l'école de la République qui lui enseignaient la soumission et la compétition, Théophile allait dans la rue, et trouva vite refuge dans des squats où il fut invité à sniffer toutes sortes de substances.

Bulle ouvre doucement la porte. Les éclairs de lucidité de Jeanne sont rares désormais. Engoncée dans une solide camisole chimique qui a dévasté tout ce qu'elle était, la prostration végétative est un état qu'elle connaît de plus en plus souvent.

Bulle approche, sans susciter de réaction. Elle passe une main dans les cheveux gris et secs de sa mère. Il y a un frisson. Mais l'œil reste fixe et indifférent. Provocateur presque, pense souvent Bulle, qui crève un peu chaque fois qu'elle est spectatrice de l'immonde déchéance de sa mère. Les chantages, la démesure, la déraison, cette infernale chape de plomb que Jeanne a fait peser sur elle pendant des années, rien n'a su annihiler l'amour qu'elle lui porte. Leurs empoignades, leurs cris, les larmes brûlantes de colère et de désespoir face à cette mère sombre et abusive sont en sourdine devant son corps, frêle et horizontal. D'elle, elle garde le souvenir des tendres câlins de la petite enfance. D'elle, elle sait la fragilité et la recherche trop souvent déçue d'un peu de poésie. Elle était pour Bulle l'exemple à ne pas suivre, et une douleur lancinante. Aimer cette femme était une torture.

« Hé maman ! » dit soudain Jeanne en tentant de se relever. Les draps, fermement bordés, l'en empêchent.

Bulle desserre leur étau.

« Non, maman, c'est Bulle. »
— Ah, c'est mon petit bulot. Mon petit bulot.
— Oui. Comment tu te sens aujourd'hui ?
— J'ai vu des animaux. »

Cela fait bien longtemps qu'on n'a plus croisé un quelconque animal en Île-de-France, hormis dans des zoos de quartiers riches où ils font office de peluches vivantes et se traînent dans leur captivité. Cependant, Bulle a appris, à l'issue d'éprouvantes crises d'hystérie, qu'il vaut mieux ne pas essayer de faire revenir sa mère dans le réel. Il est triste mais préférable de l'accompagner dans ses délires.

Cela lui coûte beaucoup. Le sentiment de la duper, d'insulter son intelligence lui causa un profond malaise dans les premiers temps, mais elle apprit à percevoir la tendresse qu'exhalaient leurs conversations insensées.

« Ah oui ? Quoi comme animaux ?
— J'ai vu un cerf. Il est entré dans la chambre. Il était grand, très grand. C'est majestueux, un cerf, ça met tout le monde d'accord. Tu trouves pas ?
— Si, ça a l'air.
— Oui. Tellement majestueux. Personne fait le malin devant un cerf. Ils ferment bien leur gueule, les fanfarons de toute espèce. »

Elle ne dit plus rien. S'absente un peu. Bulle la laisse faire. Puis la relance, sans trop d'espoir.

« Et qu'est-ce qu'il venait faire par ici, le cerf ?
— Hein ?
— Le cerf qui est venu dans ta chambre. Qu'est-ce qu'il a fait ?

— Oh mon petit bulot », répond-elle en prenant le visage de Bulle entre ses mains osseuses. Elle pose son front contre le sien. Souffle encore : « Mon petit bulot. »

Bulle déglutit son émotion. Cette joie quand sa mère la reconnaît... Sa joie est aussi belle que sa détresse est grande quand son visage n'exprime que perplexité et confusion face au sien. Ou pire, quand il n'exprime rien, quand ses yeux ne bougent plus, que ses traits ne vivent plus.

Une infirmière entre sans frapper. Il s'agit d'un robot humanoïde. Bulle les a en horreur. Leur peau de pétrole, leur parole policée, leur ton aussi déférent qu'indifférent, leurs expressions grossières, ces singeries supposées imiter les humains l'indisposent profondément. Sa mère les supporte aussi mal.

« Bonjour mesdames. »

Alors que l'infirmière technologique s'approche, son logiciel lui indique l'identité et la qualité de Bulle.

« Bonjour Bulle Orsen. C'est gentil de venir voir votre maman. »

Bulle pousse un « mmh », incapable de produire une réponse plus sophistiquée.

« Oh elle me fait chier celle-là, s'exclame Jeanne. Toujours après moi avec sa drôle de trogne et son sourire faux-cul. Qu'est-ce qu'il y a encore ?

— Bonjour madame Orsen. Vous avez l'air très en forme. Comment vous sentez-vous aujourd'hui ?

— Qu'est-ce que ça peut bien vous foutre ?

— Alors voyons quelle est votre température aujourd'hui. 36.7, c'est bien. Et la tension... Identique à celle d'hier. Elle est bonne. C'est bien, madame Orsen.

— Antoine Doisnel, Antoine Doisnel, Antoine Doisnel, Antoine Doisnel, Antoine Doisnel, Antoine Doisnel, Antoine Doisnel, Antoine Doisnel, Antoine Doisnel, Antoine Doisnel.

— On va vérifier la couche maintenant. Et prendre les pilules. »

Bulle sort de la pièce. Jeanne n'écoute pas, poursuit.

— Antoine Doisnel, Antoine Doisnel, Antoine Doisnel, Antoine Doisnel, Antoine Doisnel.

Dans le couloir, pourri de désinfectants, pas une âme. Les sons des vivants accourent pourtant, étouffés, contenus par les épaisses portes des chambres. Les cris, les rires déments, les insultes, les Antoine Doisnel se frayent un chemin jusqu'à Bulle, qui se laisse glisser contre le mur, s'accroupit et se bouche les oreilles.

Lorsque l'humanoïde quitte la chambre, Bulle y entre à nouveau. Mais Jeanne n'est plus là. Ses yeux scrutent le plafond et ne rencontreront plus ceux de sa fille.

Bulle reste près de sa mère, dans un silence collant. Aujourd'hui, elle n'aura même pas droit au chapitre sur le sens qu'on doit donner au travail. Une fois sur deux, Jeanne le lui sert, solennellement. Il ne faut pas trop travailler, pas quand ça n'a pas de sens. Entre les puissants psychotropes, le burn out de Jeanne s'agite. Et toujours Bulle promet. Elle promet la quête incessante de sens. Sans y penser. Aujourd'hui, dans le silence coulant, elle y pense. Et le souvenir de sa dispute avec Ernest surgit, lui fait honte. Quelle pouffe ! Quelle triste pouffe.

Bulle sort de la maison de retraite, happée par le brouillard opaque. Elle enfile vite son masque. L'air est particulièrement irrespirable aujourd'hui, il brûle les poumons immédiatement. Alors qu'elle attend de pouvoir traverser, le feu rouge piaille son alerte pollution. Le gouvernement a mis en place dernièrement cette mesure qui informe les citoyens de la concentration potentiellement mortelle de particules fines dans l'air. Lorsque ce signal sonore retentit, on est invité à revêtir son masque, optionnel le reste du temps. Des écrans relaient le message. Bulle ricane intérieurement de cette satisfaction affichée des politiques lorsque cette mesure, qui n'est autre que la manifestation de graves échecs, a été présentée au peuple. Ah ça, ils prennent soin de la population. Ils continuent de faciliter la vie des lobbies des énergies fossiles, des pesticides, des industries les plus dévastatrices, mais ils préviennent quand, par conséquent, respirer devient mortel en quelques minutes. On peut compter sur eux. On est entre de bonnes mains.

La gare est toute proche. Mais trois silhouettes se dessinent dans le brouillard et annoncent un chemin plus périlleux que prévu. Bulle les reconnaît tout de suite. L'expérience. Cette démarche excitée, qui annonce la violence. Bulle regarde autour d'elle, par réflexe. Mais elle sait que personne ne lui viendra en aide lorsque l'une des silhouettes donnera l'assaut. Trois hommes. Trois petits caïds de merde qui vénèrent la violence, pour l'illusion de virilité qu'elle promet. Bulle reconnaît l'accoutrement. Les lunettes à la con, le baggy pourri. Ils font partie des « Brigades de l'enfer », affligeant sobriquet désignant l'un des innombrables groupuscules qui n'ont pour projet que de semer la terreur. Courants sont par ailleurs les mercenaires de l'ultra-violence, ceux qui ne dépendent d'aucun groupe mais poursuivent les mêmes objectifs, faute d'inspiration : faire peur, faire mal. Spiritualité des égarés, militantisme du chaos. Les Brigades de l'enfer ont pour particularité de ne jamais recourir aux armes à feu, ni même aux armes blanches. Ils ne se servent que de leurs corps pour détruire. Des puristes en quelque sorte. Des fauchés aussi.

Leurs faces grises, leurs corps adipeux, gavés de bouillie et de sucreries chimiques dans lesquelles ils dépensent volontiers leurs maigres allocs, sont presque là. Elle voit celui du milieu placer une caméra sur son front, outil indispensable à la propagation sur les réseaux de leur exploit : molester une femme seule d'une cinquantaine de kilos. Il s'agit d'immortaliser l'horreur, les coups, le sang qui gicle, la mort quand c'est possible, trophée convoité, d'immortaliser et de diffuser, surtout. Divertissement d'un âge nouveau.

Bulle se prépare à l'attaque, se contracte, attrape dans une poche son Taser. Mais aujourd'hui, elle est plus vulnérable. La possibilité de l'enfant est toujours là.

« Alors cochonne, on se promène ? »

La haine qui s'invite. Bulle ne répond pas, tente une esquive, passe au milieu du groupe dont chacun des membres la considère de haut en bas d'un regard libidineux.

« Ben pars pas, on va faire connaissance. »

Ils lui emboîtent le pas. L'un des trois la dépasse, marche à reculons, les deux autres avancent à sa hauteur, chacun d'un côté de son corps, si près, bien trop près.

« Bah alors, t'es pas bavarde.

— Écoutez, vous ne me faites pas peur. Mais vous me faites perdre du temps. Vous êtes sûrs et certains que vous n'avez rien de mieux à faire que d'insulter et mettre des coups de pression à une femme seule ? Vous vous trouvez courageux ? Vous vous trouvez cool ? Franchement. Ça ne résout aucun problème de bastonner une femme. Ou un homme d'ailleurs. Ça va pas mieux après. Vous avez rema...

— Oh tu parles trop, toi, en fait.

— Ouais. Pute », ajoute son copain.

Une main se précipite sur le sexe de Bulle, une autre dans le même temps attrape une de ses fesses. Pas le temps de réagir qu'une troisième s'approche de la poitrine, immondes armes, insupportables intrusions.

Une adrénaline foudroyante se propage dans le corps de Bulle. La troisième main ne l'atteint pas, Bulle l'arrête d'un avant-bras inflexible puis jette un pied déterminé dans l'entrejambe la plus accessible. L'un des trois tas s'écroule en l'insultant. Un coup de poing maladroit et précipité s'écrase alors sur le haut de son front. Mais Bulle n'a pas mal, l'impact excite simplement l'envie de résister, de se battre. Elle veut en découdre maintenant. Elle veut infliger de la souffrance, donner une leçon physique, puisque les mots n'ont pas de prise. Alors elle fait pleuvoir la rage et la violence qu'elle abhorre tant. D'abord elle inflige une puissante manchette à la déplaisante personne qui n'a pas su garder ses distances. La tête qui se trouve au bout de son coude part sur le côté en crachant une gerbe de sang. Ça n'est qu'un début. C'est une révolte qui explose. Tazers, coups de poing, coups de pied, de genou, Bulle y met toute son âme. Une rage bestiale l'anime. Elle ne pense plus, ne veut plus s'enfuir, elle lutte, elle pourrait tuer ces zombies, les tuer de ses mains. Deux d'entre eux sont hors d'état de nuire, occupés au sol à porter les mains à leurs yeux aveuglés par les larmes, ou à leurs testicules hurlants. Bulle saisit le troisième au collet. Il a l'œil vitreux et absent, le corps agité de spasmes provoqués par la drogue, il sourit, il lui manque des dents. Elle lui assène un coup de poing dans le plexus. L'homme s'effondre, s'étouffe dans un cri faiblard. Mais se relève, insensible à la douleur. Et Bulle remet ça, le cloue au sol après un coup de pied porté en plein visage. Puis elle s'agenouille à ses côtés, saisit sa gorge graisseuse. Une main ne suffit pas. Elle pose la deuxième et serre, de toutes ses forces, tremble au-dessus de celui qui est devenu sa victime et qui la fixe, incrédule et pétri de douleur. Son regard implorant est sans effet, Bulle pourrait le tuer, elle va le tuer. Elle est dépourvue d'aménité. Elle ne sait plus trouver d'excuses, essayer de comprendre ce qui les a menés à tant de haine, elle se moque du désespoir qui rend fou. Les petites frappes sans honneur dans le genre du tas de merde qu'elle a entre les mains lui ont ravi sa tante, puis quelques années plus tard, la seule amie qu'elle ait jamais eue, morte sous les coups le jour de ses vingt-sept ans. Des veines apparaissent sur le front de l'homme, elle battent, gonflent, semblent prêtes à exploser. Bulle regarde ailleurs, tombe sur les yeux. Ils ne sont plus implorants, ils n'expriment plus rien, ils sortent. Ils sortent doucement de leurs orbites. Bulle lâche soudainement, recule vite, loin de sa proie.

Elle fait alors face à la présence insoupçonnée de deux personnes. Un homme et une femme. Jeunes. Boutonneux. Raides comme les tours grises et délabrées qui hachent l'espace partout autour. Imperturbables, ils filment et rencontrent le visage de Bulle à travers leurs écrans. Ils ont tout vu, n'ont pas envisagé de lui venir en aide, ont brandi de quoi diffuser ce moment de vice. C'était un impératif, c'était un réflexe, ça tournerait bien, trois hommes contre une femme, c'est toujours spectaculaire, c'est bien sale. Quand la femme s'est mise à inverser la vapeur, chacun des vidéastes a jubilé. Ils étaient en train de capturer du rare, c'était presque mieux que le viol ou le passage à tabac attendus.

Bulle les considère l'un après l'autre, ils sont d'une immobilité éloquente, celle d'un volcan. La haine a infiltré les traits délicats de son visage, y sème une fureur renouvelée qui atteint des sommets bouillonnants. La jeune vidéaste préfère partir en courant. Elle trébuche, tombe, se relève et détale à s'en décrocher les jambes. L'autre reste, benêt, sa main toujours levée, plus pour maintenir la caméra, mais aussi parce que la sidération le laisse dans cette position. Il a quitté l'écran des yeux, et subit la fièvre de ceux de Bulle. Il faudrait lui apprendre, à ce petit merdeux, lui apprendre l'empathie, la compassion, lui apprendre l'action vertueuse, l'aide, lui apprendre la vie. Mais c'est trop. Il y a trop à dire, à expliquer, et trop peu de chances d'être entendue. C'est tellement trop que Bulle vacille. Alors, tandis que la violence de l'indignation bout dans ses membres, et demande à exploser, alors qu'elle perçoit le soulagement qu'elle gagnerait en laissant les coups partir à nouveau, elle se canalise. C'est si difficile que c'en est douloureux, mais elle se canalise. Et tourne les talons.

Elle a perdu son masque dans la bagarre. Ses voies respiratoires sont en feu. D'une main tremblante, elle cache son nez, geste dérisoire, et s'engouffre dans la gare.

Dans le wagon brillant, elle prend place, haletante.

Elle voudrait hurler. Elle se tait.

Lorsqu'elle passe le seuil de son appartement, elle vibre encore. Les yeux dans le vague, elle pense qu'Ernest va devenir fou en apprenant qu'elle s'est encore fait agresser. Peut-être que ça va les rapprocher, cela dit. Peut-être que ça va l'engager à pardonner ses récents emportements. Haha, quelle sale petite opportuniste. Mais elle ? Est-ce qu'elle est capable de ne pas s'y adonner à nouveau, à cette mesquinerie qui la fait jouir tristement ? Cette mesquinerie dont elle croyait son couple à l'abri. Cet enfant à supprimer la rend folle. Elle ne sait plus ce qu'elle pense, elle ne sait pas quoi faire. Elle sait qu'elle aime Ernest. Elle l'aime tant. Son visage quand elle lui balançait ses saloperies castratrices... Oh, son visage... Elle meurt de chaud. Enlève son pull. Il ne se laisse pas faire, colle ses bras. Elle s'énerve, tord le textile en grognant. Peut-être qu'elle ne le lui dira pas. Peut-être que c'est mieux de garder cet étrange épisode pour elle-même. Il n'est pas très reluisant. Et puis quelle idée de vouloir s'en servir pour être pardonnée... Encore faut-il que l'agression n'ait pas laissé de traces. Elle se rend dans la salle de bains, pour vérifier que son reflet reste familier. Elle craint de ne plus s'appartenir.

Mais c'est bien elle qu'elle découvre. Elle, avec une bosse au front, le nez enflé et la lèvre coupée. Comment n'a-t-elle même pas senti tout cela ? Le rictus qui annonce la venue des larmes fait trembler son menton, tord sa bouche et creuse des sillons pathétiques sur sa peau. Elle affronte son regard qui se mouille. Puis inspire profondément et baisse les yeux vers sa main droite. Elle vérifie qu'elle n'a pas abîmé sa bague dans la lutte, qu'elle n'a pas désolidarisé cette perle parfaite qui semble flotter sur la monture et la ravit depuis toujours. Elle la porte à son doigt depuis le jour de ses dix-huit ans, où Jeanne lui en a fait cadeau. Elle l'examine. La perle est tachée de sang, mais n'a pas bougé.

Elle ouvre le robinet. L'eau se refuse. Ailleurs, on s'entretue pour l'accès à l'eau, ici, on s'entretue pour un peu tout mais en principe, on a de l'eau. Enfin, dans son arrondissement, on a ses 1 500 litres d'eau hebdomadaires. Mais pas d'eau du tout aujourd'hui. Il faudra donc rester un peu avec ce visage croûté. Soit.

Sa condition nouvelle de créature sanguinaire lui sied peu, elle aurait aimé s'en laver. Elle reste prostrée quelques instants devant la fenêtre du salon, face au brouillard que seuls les écrans les plus proches parviennent à percer d'une clarté timide.

Enfant, elle a vu sa mère cuisiner en buvant du vin. À la fin de sa préparation, elle était ivre, mais heureuse. Le vin a souvent su lever la pesanteur et rendre sa mère joyeuse. Seulement un jour, il n'y a plus eu de vin. Les vignes, après avoir donné des vendanges de plus en plus précoces et de plus en plus médiocres, ont fini par s'éteindre, assoiffées, accablées de produits chimiques, voilà au moins vingt ans. Alors Bulle regarde ses chaussures. Puisqu'elle ne peut pas s'apaiser en cuisinant, puisque le vin n'existe plus, puisque flâner est désormais dangereux, elle va aller courir, vite, à toutes jambes. Elle va aller s'épuiser sur un tapis roulant dans un espace immense où des machines vrombissent à perte de vue, sous l'éclat blafard des néons, et sur lesquelles s'agitent des humains au regard vide, au muscle triste.

Sur le chemin du retour, elle croise des escadrons de gardes armés, encapsulés dans leurs carapaces métalliques, robots colossaux, sans visage et sans âme, supposés protéger la population, et dont le bénéfice reste plus que douteux. La folie sécuritaire qui secoue les gouvernements qui se succèdent depuis des décennies ne cesse de démontrer son inefficacité. Elle n'a en rien diminué la criminalité. Bulle est même certaine qu'elle la stimule. Mais les arsenaux policier et militaire sont les oripeaux de la politique de la peur. Et la peur entretient l'asservissement.

Une touche d'étrangeté attire l'attention de Bulle à quelques pas de l'entrée de son immeuble. Elle approche, pas certaine de ce qui se présente là, au milieu de l'infini bitume. Mais si, c'est bien cela, une touffe d'herbe entêtée est parvenue à se frayer une existence sur le trottoir, près d'une bouche d'égout. Bulle la contemple, marginale dans son immobilité, indifférente au bourdonnement d'un de ces hélicoptères en vol stationnaire, ou aux cris venus d'une rixe proche. Elle donne à ces quelques brins émouvants toute l'attention qu'ils méritent.

5.

Ernest entre dans l'appartement, le visage fermé. Elle l'a blessé, pire peut-être : déçu. Parmi les nombreuses qualités qui font s'enamourer Bulle, l'une de celles qui lui font le plus de bien peut-être est cette faculté de son compagnon à sourire si souvent, à passer le pas de cette porte le visage heureux. Cette capacité prodigieuse à rire de tout aussi, à rire tout court, à la faire rire.

À la vue de Bulle, le visage fermé se fendille. Il ne parle pas tout de suite, embrasse une tempe indemne.

« Qu'est-ce qui s'est passé ? » lâche-t-il enfin, la voix mal assurée, éraillée par la douleur et les pulsions de haine qu'il ressent à l'égard de ceux qui s'en sont pris à sa femme.

Bulle raconte l'assaut, minimise les coups, explique le retournement de situation, la bestialité qui soudain l'a possédée, observe les traits d'Ernest qui se contractent sous l'effet de l'insupportable récit, fait l'impasse sur les deux vidéastes.

Puis sourit. Elle ne se force pas, il se trouve qu'à les raconter comme ça, d'un seul tenant, ses aventures paraissent un peu comiques. Sa vie lui fait l'effet d'une farce. Le réel est tellement navrant qu'il en devient cocasse.

Ernest grimace un sourire, mais n'a pas l'air de trouver tout ça tellement drôle. Il semble incuber une phrase, une question qu'il ne sait pas comment formuler.

Bulle l'aide, lui dit que pour l'instant rien, mais qu'il y a de fortes chances pour que ses mésaventures aient convaincu les petites cellules agglutinées dans son ventre qu'il valait mieux ne pas traîner par ici. Puis, humble et pudique :

« Je te demande pardon. Encore. Pour ce matin.

— On va partir », tranche Ernest.

Bulle, le considère, lasse.

« Tu ne vas pas recommencer. Ça ne sert à rien de balancer des phrases comme ça, comme des incantations. Ça ne marche pas, Ernest. On n'a nulle part où aller, c'est pareil ailleurs. Pareil ou pire. Et tu le sais très bien. Tu veux allez camper dans un désert ? Qu'on s'y laisse pousser des dreads ?

— Tu te donnes des airs avec ton blog et tout ça, mais t'es hyper-conformiste en fait. Toute accrochée à ton petit confort, hein ?

— Excuse-moi mais c'est pas un projet, ce que tu me dis. Je suis désolée pour les conneries que je t'ai balancées. Je sais bien que ne pas avoir d'emploi ne signifie pas ne pas avoir de valeur, et je sais bien que tu travailles à bien mieux que plein de gens qui ont un boulot. Tu sais que je le sais, hein ? Bon. J'ai craqué, je suis désolée. Parce que ça me tue de devoir renoncer à avoir un enfant de toi. Mais ce que tu dis, c'est pas un projet et puis c'est tout. Je vais pas aller faire un môme dans le désert.

— Tu sais, je comprends. J'ai mes torts. Je me suis laissé aller au plaisir de travailler à mes trucs sans me soucier de ma subsistance et ça m'a rendu un peu indolent, c'est vrai. Et je vais te confesser quelque chose aussi. J'ai arrêté de prendre l'Exilnox.

— Quoi ? Mais t'es fou, c'est surveillé, ce truc, avec le bracelet, la sueur tout ça, c'est toi-même qui me l'a dit.

— Ouais. Je l'ai hacké, leur bracelet à la con. C'était pas simple, mais je me suis fait aider au bureau. D'ailleurs, Ethan, Élise, Max et Ali en ont profité pour arrêter aussi. De toute façon, le risque de sanction est minime, c'est la crainte et le conditionnement qui font que les gens prennent cette pilule sans se questionner. C'est pas pour rien que tu avais tant galéré quand tu avais voulu enquêter là-dessus.

— Oui, enfin en même temps c'est galère d'enquêter sur n'importe quoi.

— Oui, parce que tout est douteux, foireux, toxique, immoral, et que donc tout doit être planqué. Eh ben cette pilule, elle ravive les défenses immunitaires mon cul. »

Ernest triomphe quelques secondes.

« Vas-y, dis-en plus.

— C'est une drogue, ce truc. Puissante. Je suis différent, Bulle. Je le sens, je ne suis pas encore bien capable de te dire ce qui a changé, c'est trop récent, mais je pourrai d'ici quelque temps. Et je sais d'ores et déjà qu'on doit arrêter tout ça, cette pilule et tout le reste. Il faut qu'on se barre. Il faut qu'on arrête d'avoir peur. Ça fait des décennies que les hommes sont maintenus dans un état catatonique. »

Incapable de trouver le sommeil cette nuit-là, Bulle reprend les recherches qu'elle avait faites au sujet de l'Exilnox. Les mains impatientes, elle fouille la projection de l'holordi, écarte les mails, les pousse, les trie, trouve enfin. Ce nom. Ce nom que sa mémoire refusait de lui rendre. Jacques Garnier. Elle avait réussi, au prix de nombreuses heures de recherches dans les recoins les moins fréquentés du Web, par extraire cette figure qui tenait à se faire discrète. Jacques Garnier était à l'époque un conseiller à la présidence qui aurait eu quelque chose à voir avec la mise en place généralisée de l'Exilnox. Son rôle paraissait peu clair mais son implication déterminante et indubitable. Les tentatives de Bulle pour le joindre, bien que répétées, avaient été infructueuses. Mais deux ans ont passé. Alors Bulle retente. Elle rédige un mail, court, clair, sans détour, dans lequel elle sollicite un rendez-vous au motif d'une commande d'article du groupe de luxe VOX portant sur les éminences grises des présidents. Ce mensonge laisse croire à une démarche parfaitement lèche-cul et aucunement subversive, et maximise de fait les chances de réponse. Bulle se relit, s'étire, puis envoie le mail à toutes les adresses supposées de ce Jacques Garnier.

Le lendemain matin, elle parcourt le tas d'ordures commerciales qui a envahi comme chaque nuit sa boîte mail à la recherche d'une réponse. Celle-ci lui arrive, en milieu de matinée. Le mail est laconique, mais son auteur, Garnier lui-même, accepte le rendez-vous, et invite Bulle à se rendre chez lui, dans la journée si elle le souhaite. En pièce jointe un pass temporaire, sésame indispensable à toute visite sous un dôme. Toutes affaires cessantes, Bulle file à l'adresse indiquée, sous le dôme du IXe. Elle reconnaît qu'il est plaisant de pouvoir se déplacer en pleine rue sans ce masque encombrant qu'il n'est pas question d'oublier lorsque l'on sort de chez soi. Ici, l'air est filtré, bien entendu. Il faut être riche pour respirer sans y penser. L'air est d'ailleurs devenu si précieux que les bars à oxygène sont désormais les principaux lieux de rencontres de la classe moyenne aisée, qui n'a pas les moyens de vivre sous un dôme, mais suffisamment pour se payer de temps en temps quelques shots d'oxygène. Ces bars sont les derniers lieux de socialisation, notamment parce qu'ils offrent l'ivresse des surdoses d'oxygène.

Outre cette joie nasale, elle honnit ce que ces bubons hygiénistes représentent, ce refuge d'héritiers, cette ségrégation affichée, mesquine, cet air constant à 25 °C, qui dès le mois de mars fait la nique aux 45 °C qui liquéfient ceux qui n'ont pas les moyens d'y pénétrer, encore moins d'y vivre, elle conchie cette caste d'ignorants sans excuses, qui se traînent endimanchés chaque jour et n'ont aucune honte à se vautrer dans une oisiveté stérile et consumériste, le pas lent, ralenti comme une provocation jetée à la face du monde alentour. Fallait-il manquer d'inspiration pour penser qu'avoir assez d'argent pour prétendre à cette vie pouvait être une solution. La honte, décidément d'avoir sorti des trucs pareils à Ernest. La honte...

« Coucou belle enfant », murmure-t-elle alors qu'elle croise une femme sans âge, dont le lifting semble prêt à lâcher, et qui parfume ses réflexions d'une fragrance écœurante. Ah la belle aristocratie. Population démissionnaire qui laisse le monde s'écrouler autour d'elle, qui y recrache ses empreintes carbones pachydermiques, pensant bêtement que tout cela ne la concerne pas, que son monde à elle y est hermétique. Mais la folie du monde ne vous épargne pas. Vous êtes fous vous aussi, songe-t-elle en regardant glisser les berlines électriques. Fous de perpétrer des modes de vie capricieux et destructeurs, fous de refuser toute remise en question, fous de vous barricader contre les milliers de migrants qui arrivent chaque jour, fuyant les guerres et les catastrophes climatiques, fous d'investir votre argent dans ce qui les finance et les provoque, fous de vous enivrer de chirurgie esthétique, de vous farcir le corps de puces pour vous trouver toujours plus connectés au vide, fous de croire que vous n'en crèverez pas bien vite vous aussi, de tout cela. Vous êtes sur la même planète, les gars.

« Madame, je vous prie de me présenter votre pupille droite afin que je procède au scann de votre pass. »

Sans surprise, un humanoïde interrompt son exploration visuelle du zoo. Haut, vêtu de noir, un peu ridicule d'ailleurs dans son costume d'agent secret du XXe siècle. On a cherché à dédramatiser l'image de l'agent de sécurité en le parant d'attributs vintage.

Bulle lui adresse un sourire. Il ne le lui rend pas. Sa lèvre coupée, et le bleu près de l'arcade ne font pas d'elle un être éligible à une interaction amicale. Elle est suspecte.

L'humanoïde scanne l'œil de Bulle sans attendre sa réponse.

« Madame Orsen, aucun pass n'est détectable. »

Bulle met une main dans la poche de son pantalon pour sortir son holordi. L'humanoïde lui saisit le poignet d'un geste si rapide qu'elle sursaute.

« Plus un geste.

— Eh ! Pas de panique, Dominique. »

Une lueur apparaît sur la main de l'humanoïde. Il est un modèle décidément perfectionné. Bulle connaît cette lueur, il s'agit d'un neutralisateur de mouvements. Les ondes émises par le dispositif sont de nature à tétaniser puis à diriger tous les gestes de la victime. Alors que la clarté s'intensifie,

Bulle éprouve déjà les picotements qui annoncent la perte de contrôle de son propre corps. Dans l'autre main, le robot active son détecteur d'armes, l'approche de la poche. Un son tranquille est émis.

« Oh, ça suffit, j'ai mon pass, je voulais attraper mon holordi pour te le présenter. »

Les traits du robot se détendent d'un coup, grossière imitation des réactions humaines.

« Vous n'avez pas de smart implant ?

— Non. C'est bon, je peux sortir mon holo ? Tu vas pas me taser ?

— Faites. »

L'humanoïde scanne, fait un petit signe de tête, puis sur un ton dont seules les machines de son espèce ont le secret, à la fois poli et tout à fait autoritaire, il rappelle à Bulle son devoir :

Circuler.

6.

Au dernier étage, porte de droite d'un immeuble haussmannien de la rue des Martyrs, Bulle a sonné. Elle peine à cacher son trouble face à l'homme qui lui ouvre. Ce visage... Bulle n'en a jamais vu de pareil. Quand les gens ne meurent pas avant que leur peau se ride autant, ils la font tirer, la gonflent, interceptent les symptômes de l'âge, fabriquent un artifice de jeunesse boursouflée. Cet homme-là a laissé les prémices de la fin s'installer, il a autorisé le temps à tracer de profonds sillons, à le tirer vers le bas.

« Jacques Garnier ?

— Lui-même. Vous êtes la demoiselle du VOX ? Entrez. »

Bulle emboîte le pas de ce Jacques Garnier qu'elle était toute disposée à mépriser mais dont le visage l'oblige pourtant à respecter. Quel âge peut-il avoir ?

Bulle prend place sur un épais fauteuil, posé au milieu de la démesure d'un salon d'un autre âge, dont le sol est de bois et le plafond distant de plusieurs mètres. Hormis deux fauteuils et une table basse de verre, aucun meuble n'habille l'espace anachronique de la pièce. Et tout est différent ici. Le temps qui a tant marqué le maître des lieux se serait-il arrêté ? Le son même est différent. Les matériaux et les volumes le façonnent singulièrement. Et les mots semblent avoir plus de poids. Aussi Bulle peine-t-elle à formuler ceux qui doivent dissiper le mensonge. Il n'a plus sa place, elle doit expliquer ses motivations réelles au vieil homme, on ne dupe pas un vieil homme.

Ce dernier l'observe, un sourire tranquille au coin des lèvres. Empêtrée de confusion, elle l'amuse, et l'amusement se propage, arrive jusqu'à Bulle qui, soulagée par cette légèreté, se lance enfin pour expliquer sa présence en ce lieu irréel.

Elle ne travaille pas vraiment pour VOX. Elle travaille pour un infomédia, mais ça n'a pas d'importance. Elle est là parce qu'elle se pose des questions.

« Des questions, allons donc ! s'exclame Garnier. Vous êtes une originale, vous. »

La bienveillance qui auréole cette remarque achève de mettre Bulle en confiance.

Alors, avec aisance, elle enchaîne, ne craint plus l'écho mat des mots, se garde cependant, par précaution, d'aborder son enquête sur l'Exilnox ou son blog. Elle a simplement appris qu'il était proche du président en place au moment où il avait été décidé de rendre cette pilule obligatoire.

« Et comment avez-vous appris ça ? »

Bulle bredouille un petit tas de « rien », s'embourbe un peu, sauvée rapidement par Garnier qui, taquin, met fin à sa tentative de justification par un « Ça n'a pas d'importance » bienvenu.

« Vous savez, vous n'êtes pas obligée de prendre tant de précautions avec moi. Je ne suis pas proche du pouvoir, ou plus, je ne vous appréhende pas comme une dissidente à faire taire. Alors vous pouvez arrêter de vous emberlificoter dans vos mensonges. Je vais vous parler de l'Exilnox. Je vais vous dire plein de choses, même. Je me fous qu'elles soient sensibles, je me fous qu'on apprenne que j'ai balancé. Pour tout vous dire, il n'y a plus grand-chose dont je ne me foute pas depuis un bout de temps. Je suis un vieil homme, j'imagine que ça ne vous a pas échappé. »

Il marque une pause énigmatique, que Bulle n'ose percer. Pour quelques instants, il n'est plus là, le regard gros, et Bulle attend sans hâte qu'il revienne.

« J'ai perdu ma fille. Il y a cinq ans. Les types qui ont fait ça n'ont jamais été retrouvés. Elle ne voulait pas vivre sous un dôme, "en captivité", elle disait. Moi, je ne voyais pas ce qu'il y avait à attendre de la prétendue liberté qu'on trouvait au-dehors. Maintenant je respecte qu'elle n'ait pas voulu vivre par ici. Qu'est-ce que j'ai pu la faire chier à l'époque, qu'est-ce qu'on s'est engueulés. Elle aussi elle se posait des questions, voyez-vous. Enfin voilà, une fusillade dans le XXIVe. Il me reste un fils. Un petit connard que je n'ai pas vu depuis l'enterrement et qui se fait plein de blé avec des trucs pas très clairs. Un trader qui ne me parle plus. Il n'a pas tort, on n'a plus rien à se dire. Et puis j'avais une femme, mais elle m'a quitté il y a bien longtemps, quand j'ai divorcé de la politique. Elle est partie avec un autre mec. Enfin, bref... Vous devez vous dire : "Oh le traquenard, il va me tenir la jambe pendant des heures avec ses jérémiades, le vieux." Mais rassurez-vous. Non. Je veux juste vous dire que je m'en fous. De tout. Et que je vais vous confier ce que vous voulez savoir, au mépris des innombrables clauses de confidentialité qu'on m'a fait signer dans ma vie. Voilà, vous voyez que vous pouvez arrêter de vous méfier, ça vous reposera. »

L'entretien qui suit s'étale en apesanteur. Bulle relance parfois Garnier, pendue à ses lèvres le reste du temps, fascinée par cet authentique récit du réel qu'elle a l'honneur de recueillir. Le sentiment d'accéder à un morceau de vérité la galvanise. C'est la première fois que le dévoilement s'offre de cette façon, fluide et compact, livré par un acteur des événements. Alors, les faits ont beau n'avoir vraiment rien de réjouissant, Bulle vibre, animée par l'idée d'être en contrôle. Savoir, c'est ne plus subir, voilà ce qu'elle se dit, électrisée par le navrant récit. Bulle comprend vite, cependant, qu'avant d'en venir aux révélations, Garnier en passe par des détours narratifs connus de tous, prenant manifestement plaisir à être le conteur de sa propre histoire.

L'automatisation avait rendu bien des bras et des cerveaux inutiles depuis le début du siècle. Soucieux de dégager des marges toujours plus grandes et de se verser des dividendes toujours plus indécents, les grands patrons avaient au fil des ans investi de plus en plus radicalement dans les robots et les algorithmes. Ceux-là ne faisaient pas grève, ne demandaient pas de mutuelle, de syndicats, de pause déjeuner ou de vacances, ils étaient des employés en or. Aussi les patrons plus modestes suivirent-ils cette voix eux aussi, licenciant eux aussi à tour de bras.

Les gouvernements laissèrent faire. Mais plutôt que de voir en cette tendance la possibilité de libérer les hommes d'un travail souvent mal vécu, ce qui aurait impliqué de proposer un nouveau projet de société qui aurait fait passer la société de consommation pour un archaïsme aberrant, ils firent l'autruche, continuèrent à parler d'inverser les courbes du chômage, de consommation, de croissance, ne rougirent pas de tenir des discours absolument hors de propos et firent semblant de se battre lors de prises de parole chevrotantes de fausse détermination et de mauvaise volonté, se félicitant de quelques rogatons que les lobbies acceptaient de jeter à la plèbe : une nourriture gratuite et cancérigène dans un délai de dix ans, par exemple. Tranquillement, dans le même temps, on laissait les entreprises se gaver et pratiquer une fraude fiscale décomplexée. Car il s'agissait de ne pas heurter les puissants, qui ne rougissaient pas pour leur part d'agiter leur chantage à l'emploi, et de prétendre préserver la sacro-sainte croissance, celle-là même qui avait causé le dérèglement climatique, les catastrophes écologiques, les cancers par millions, et cette ambiance de fin de monde qui flottait partout sur le globe depuis plus de vingt ans. Il va sans dire que la croissance peinait à se maintenir autant que les dirigeants l'auraient voulu.

Les Français (et avec eux le monde entier) n'avaient plus les moyens de consommer comme on le leur demandaient, et faute de pouvoir répondre à cette injonction, cédaient aux pulsions de mort. Les flux migratoires dus à la montée des eaux ou aux sécheresses s'accentuaient. Des millions d'hommes, de femmes, d'enfants, convergeaient, exsangues, vers l'Europe, pensant y trouver une vie meilleure. Ils étaient accueillis à coups de Tasers.

Enfin, alors que le taux de chômage national dépassait les 50 %, d'immenses manifestations tournèrent au bain de sang partout en France, pendant plusieurs jours de novembre 2030. On parlait de passages à tabac, de viols en réunion, de pillages sanguinaires... les médias se pourléchaient, n'épargnaient aucun détail et faisaient enfler l'horreur, toujours en quête du clic salvateur, celui qui adossé à des milliers d'autres faisait tomber l'argent des annonceurs.

Face à un déchaînement de la population aussi massif et vigoureux, le gouvernement en place à l'époque adopta dans la panique des mesures d'urgence d'envergure : construction et ouverture de gigantesques camps de détention, rafles des fauteurs de trouble, mise en place d'une flotte bien plus importante de drones de surveillance, déploiement au sol de robots anti-émeutes. Mais ces dispositions eurent un effet dérisoire, et comme à chaque fois que la politique voulut traiter les conséquences d'un problème en en délaissant les causes, la catastrophe poursuivit son chemin. Les répressions ne dissuadaient plus, le désespoir était tel qu'elles abreuvaient au contraire l'envie de détruire. Ces colères explosaient pour la première fois en chœur. De plus en plus couramment, on hurlait, on crachait, on frappait, on agressait. Il n'y avait plus aucune raison d'être civilisé. Dans les camps de détention, les gens s'entretuaient. Et les allocutions du président, atterré, se raréfiaient.

Les drogues artisanales, dont le volume croissait depuis des années, irriguaient à présent les rues et les veines d'une majorité d'individus. L'alcool frelaté aussi. Des breuvages étranges s'échangeaient ou se vendaient pour trois fois rien, et garantissaient à l'aventureux personnage qui voulait bien les consommer des heures de défoulement, d'écumages, de transe ultra-violente qui le laisseraient vidé, dans un état comateux.

La vie sans psychotropes semblait tout bonnement impossible. La vie avec torpillait l'ordre public. Les plus répandus causaient des hallucinations qui amplifiaient encore les accès de rage, certains décuplaient les forces, annihilaient la douleur. La démence courait les rues.

« C'est là que j'ai commencé à travailler sur quelque chose qui réponde au besoin de l'humanité, à un besoin urgent que j'identifiais en tout cas : une espèce d'anxiolytique puissant qui ait pour propriété d'empêcher de se projeter dans l'avenir. J'étais un peu cynique, je ne vais pas vous mentir. Un peu mégalo aussi, certainement. Et j'avais dans l'idée que cette chose devait éloigner totalement l'idée de la mort qui selon moi était devenue trop présente dans l'esprit des désœuvrés, consciemment ou non. Voyez-vous, l'homme a besoin de s'oublier, il lui est nécessaire de se déprendre de l'idée de sa finitude, car elle lui est insupportable. Le travail avait en partie cette fonction, abrutissant, aliénant, douloureux, épanouissant – qu'importe, il détournait l'attention. Le reste du temps, la consommation prenait le relais : consommation matérielle, consommation d'images, de divertissements, voilà qu'il était temps d'aller se coucher, pour recommencer le lendemain. C'est là-dessus qu'ont reposé les sociétés occidentales post-industrielles. Alors, quand ce petit système a commencé à s'effondrer, il y eut un fossé, un précipice, un grand rien qu'il fallait combler. Mais vous savez que le conditionnement humain a la dent dure, qu'on ne s'en défait pas comme ça. Alors l'angoisse l'a emporté. Parce qu'on ne savait plus comment le vivre, ce conditionnement, il ne trouvait plus de prise. Et la violence a jailli. Parce que l'homme est ainsi fait. Il a besoin d'un cadre bien abrutissant, de sens ou de beaucoup d'amour pour rester pacifique. La plupart n'avaient plus rien de tout ça. Vous voyez ce que je veux dire ? Je ne veux pas me dédouaner, mais croyez-moi, je voulais bien faire.

Enfin, je ne sais pas. Vous me regardez avec vos grands yeux, là, et c'est dur de vous balader. Non, je savais que je ne faisais pas *bien*. Évidemment que c'était merdique comme solution d'abrutir les foules, à nouveau. Mais qu'est-ce que vous voulez que je vous dise ? J'étais un chimiste avec une solution. Pas la meilleure, mais un truc censé calmer le jeu, quoi. Oui, bon j'avoue, y avait plein de fric à prendre. Y avait une demande. Je savais faire de la bonne came, je l'ai fait. Mes enfants étaient tout petits à l'époque, c'était la merde dehors. Voilà, j'espérais que l'argent nous mettrait à l'abri des fous. »

Bulle réprime un sourire. Garnier l'amuse à se défendre, à se faire avouer des choses tout seul, à se battre contre les assauts de sa propre morale. Le vieil homme lui fait l'effet d'un petit garçon. Son visage strié n'a plus rien de celui d'un sage. Le devient-on jamais alors ?

« Ah, je vous fais marrer ?

— Non. »

Soudain, Bulle prend conscience qu'elle a devant elle la personne qui a inventé la drogue qu'elle prend sans le savoir depuis près de vingt-cinq années et qui modifie ce qu'elle est, qui peut-être empêche ce qu'elle pourrait être. Et son sourire la quitte.

« Mais alors quoi ? Vous l'avez vendue à l'État votre invention, c'est ça ?

— Ah, je vous vois moins amène, d'un coup. Je vous l'ai dit, je ne prétends pas être quelqu'un de bien. Ça me ronge tout ça, voyez. Je ne suis pas fier. Parfois, je me demande ce que serait le monde si tant de pays ne faisaient pas gober mon truc à leurs citoyens. Mais je vais vous dire, les choses seraient peut-être pires, parce que ça calme les nerfs, l'Exilnox. Et puis, en matière de dispositifs coercitifs innocents, y a pas mal de saloperies qui se posent là, hein. Ça continue de consommer, de regarder de la merde, de se faire greffer des implants, de se détourner de la pensée, hein ? En un mot. Et ça le faisait déjà bien avant l'Exilnox. Donc bon, il faut peut-être mettre les choses en perspective avant de vous réjouir d'avoir trouvé le responsable de la déchéance humaine, vous ne croyez pas ?

— Mais, monsieur Garnier, avez-vous vendu votre recette à l'État ?

— Ça n'est pas si simple. Quand ça a commencé, je me suis entouré de types que je recrutais sans peine, dans la rue. Le bouche à oreille opérait. Mon produit plaisait, figurez-vous. Et assez vite, je suis devenu connu, et riche. Un jour, les flics ont débarqué. Ils m'ont emmené. Je pensais qu'ils allaient me lâcher dans l'un de ces camps atroces. J'ai frémi, jeune fille, vous n'imaginez pas. Je pensais à ma femme et à mes petits, au milieu de cette Europe déchaînée. J'en garde un souvenir épouvantable. Mais lors de la garde à vue, les types qui m'interrogeaient se sont montrés étrangement courtois. Au bout de deux heures, où j'avais eu plus l'impression d'être interviewé qu'interrogé, un homme est entré dans le bureau. Il n'a pas décliné son identité. Il ne m'a pas parlé. Il a assisté à la suite de l'interrogatoire. Puis il a glissé un mot à l'oreille de l'un des deux flics. Enfin, je vous la fais courte, on m'a fait une proposition. J'évitais la prison si je consentais à leur livrer la recette de ma pilule. En gros, ils ont nationalisé mon petit business, lui ont collé un nom enchanteur, et sous prétexte d'importantes carences alimentaires constatées, l'ont rendu obligatoire en qualité de complément alimentaire, à la majorité d'abord, puis, après quelques ajustements dans la composition, dès l'âge de cinq ans. »

Garnier s'arrête, abrupt. Soutient le regard de Bulle, avec une sorte de défi puéril. L'homme chancèle. Tout maigre dans son grand fauteuil, perdu au milieu de son salon dépeuplé, il est battu par des flots imaginaires, ceux de ses remords, du crépuscule d'une vie qu'il n'assume pas. Bulle est calme. Les effets théâtraux de Garnier qui s'emporte, se justifie, s'excuse, s'amende, s'arrête, ne l'impressionnent pas. Elle essaie de penser à ce qu'elle vient d'entendre. Cela fait donc deux décennies qu'on drogue la population pour qu'elle se tienne tranquille. Pourquoi n'est-elle pas étonnée ? Elle devrait être scandalisée, s'indigner, mais elle reste figée, très posée. En fait, une seule chose l'agite :

« Mais enfin, ça ne marche pas !

— Quoi donc ?

— Ben, cette méthode qui consiste à abrutir le peuple, ça ne fonctionne pas ! Vous avez vu l'état des rues, des camps ? Vous avez vu comme les riches se calfeutrent sous des dômes, comme les gardes armés sillonnent les villes, toutes les villes !

— Oui, vous avez raison. C'est pourquoi je pense que ma responsabilité dans l'apathie de mes concitoyens est finalement très limitée.

— Oui, ou en tout cas, votre pilule échoue à brider la violence.

— Vous êtes dure avec moi, vous tenez à ce que je me sente coupable, n'est-ce pas ?

— Oh, arrêtez, monsieur Garnier. Ça m'est égal de vous culpabiliser. Ce qui m'importe, c'est d'essayer de comprendre l'effet de ce truc. Il n'a même pas eu le mérite d'étouffer la violence.

— Le fait est que beaucoup de gens ne prennent plus l'Exilnox. Dès lors qu'ils sont désocialisés, comme c'est le cas d'une majorité de citoyens aujourd'hui, ils le délaissent, bien indifférents à ce que pourrait leur apporter un “complément nutritif”, et se mettent à consommer d'autres substances. Dans les camps, ils sont censés le prendre, mais ça ne tient jamais longtemps, ça. Et là-bas aussi, on se rue sur les saloperies qui traînent, d'où le tas de tarés écumants qui s'y empoignent inlassablement ou fomentent ensemble des plans de fin de monde.

— Comme avant, en fait. Comme avant votre intervention, je veux dire.

— Oui, enfin, pas tout à fait. Disons que l'Exilnox calme une partie de la population tout de même. Celle qui continue de travailler, d'être intégrée, qui...

— Moi, quoi. »

Après un silence contrit, et en prenant soin de laisser ses yeux dans ceux de Bulle, par respect, Garnier acquiesce.

« Et vous, monsieur Garnier ?

— Quoi, moi ?

— Le prenez-vous chaque matin, votre Exilnox ?

— Non, je ne m'inquiète pas de la mort, moi, je l'attends. Je ne crains pas l'avenir, il ne me regarde pas. Alors j'ai demandé une dérogation. Ça n'a pas été difficile. À l'époque, j'étais encore dans les petits papiers du pouvoir, maintenant on ne doit plus se souvenir de moi et c'est très bien ainsi. Je vois bien que vous me condamnez.

— Oh, vous vous condamnez très bien tout seul.

— Je voudrais tout de même ajouter quelque chose. L'Exilnox ramollit, il est vrai, mais de ce point de vue, il ne fait que suivre une tendance culturelle très forte de la classe moyenne occidentale et des plus privilégiés. Et qui ne date pas d'hier. Tandis que les plus pauvres s'occupent de survivre, cet Occidental-là aspire à la tranquillité, à une jouissance facile, accessible, artificielle, à l'oubli de soi ;

cela fait bien longtemps que les hommes semblent avoir renoncé à toute forme d'idéal. Ils ont laissé faire, ils ont tendu leurs armes aux multinationales qui les gouvernent désormais. Ils y trouvaient leur compte. Il fallait le vouloir pour ignorer les abus quand a sonné l'ère de l'information, et ils le voulaient, ils fermaient les yeux, pour mieux s'offrir un nouvel holordi, ou smartphone, comme on disait à l'époque. Ils étaient consentants. En masse. Cela porte un nom. Ça a été nommé par un poète, au XVIe siècle. Vous vous rendez compte ? Ça date. Il a appelé ça la servitude...

— Volontaire. Je connais La Boétie.

— Eh bien, l'Exilnox visait seulement à rendre leur apathie plus douce.

— Non, l'Exilox visait à vous remplir les poches, vous l'avez dit tout à l'heure.

Garnier lui sourit.

— Écoutez, j'ai bien vu votre petite tête blêmir. On dirait que vous avez appris l'existence d'un terrible complot. Mais ce n'est pas ça que vous venez d'apprendre. Oui, l'État, au même titre que la publicité, ou les mediatainements, a contribué à abrutir le peuple. Mais il n'y a pas de conspiration. Il y avait urgence à calmer les masses. C'est tout. Alors oui, d'autres projets auraient été plus humanistes. Oui, ça aurait pu être l'occasion de tout changer, de mettre un terme à la destruction de notre environnement. Ça n'a pas été le cas.

— Pensez-vous qu'il soit trop tard pour changer... tout, comme vous dites ? »

Garnier s'émeut de ces yeux qui, derrière une façade de dureté, sont bouillants d'espoir.

« Je suis un vieil homme, mademoiselle. Un vieil homme las, et aigri, n'ayons pas peur des mots, alors je peine à me projeter dans une mouvance révolutionnaire. Mais je sais que certains n'ont pas tout à fait renoncé. Vous, par exemple. »

Bulle ne relève pas ces quelques mots qui font un plat dans un silence de marbre, comme un compliment malvenu. Elle se fiche qu'il ait décelé en elle une âme de révolutionnaire, elle voudrait avoir son opinion, elle croit de nouveau à la figure du vieux sage, il lui importe de savoir s'il pense qu'il est raisonnable d'imaginer que la chute cesse enfin. Le silence s'installe. Garnier a quelque chose à livrer, Bulle en est certaine. Elle ne bouge pas d'un cil, ne veut pas risquer qu'il se ravise, le laisse venir, ivre d'espérance.

« Et puis, il se trouve que j'en connais d'autres. Mais vous ne devez pas ébruiter ce qui va suivre.

— Je vous donne ma parole.

— Eh bien, j'ai rencontré le petit-fils de l'un de mes anciens dealers. Il est devenu dealer lui aussi. C'est mon dealer. Un dealer très particulier. Lui, comme ses aïeuls, n'a jamais accepté qu'on ait breveté le vivant. Mais c'est mon ami qui a initié la chose, il y a près de trente ans, et à l'époque, on faisait encore pousser du vivant. Du vivant biologique. Il a entamé un trafic de semences anciennes, déclarées illégales parce que n'appartenant pas aux catalogues des géants de l'agriculture. Des semences naturelles, préservées de la chimie. Le trafic s'est tari avec le temps. Les gens ne voulaient plus prendre le risque d'aller en taule pour bouffer des tomates dignes de ce nom. Toujours est-il que son petit-fils a planqué sa maison, dans la cambrousse, et avec sa femme ils continuent, eux, et font pousser toutes sortes de fruits et légumes, sans intrants, sans pesticides, sans rien. Naturellement. Il me vend même de la marijuana naturelle.

— Mais... ça pousse ?

— Eh oui.

— Non, mais bien, je veux dire. Ça pousse vraiment bien ?

— Oui, madame.

— Et... ils mangent ?

— Oui. Ils prennent très peu de comprimés. Ils se nourrissent eux-mêmes. Ils ont de véritables potagers *indoor*, de la terre, font pousser des légumineuses aussi. J'aime autant vous dire qu'ils risquent gros s'ils se font pincer.

— Vous me faites marcher, dit Bulle en se redressant, le corps endolori par l'immobilité à laquelle elle s'est astreinte pour ne pas perturber le discours de Garnier.

— Vous reprenez des couleurs en tout cas. Vous êtes toute rouge.

— Vous me faites marcher, n'est-ce pas ?

— Je suis heureux de vous parler. Et non, je ne vous fais pas marcher. Ah, ça me fait du bien de vous avoir rencontrée, Bulle. Vous êtes rafraîchissante. »

Il accompagne une longue expiration d'un relâchement qui l'envoie au fond de son fauteuil, et le fait paraître tout petit, mais soulagé.

« Qu'est-ce que vous avez au visage ?

— Pardon ?

— Le bleu là, et l'entaille à la lèvre.

— Ah. Oh, la routine.

— Ils étaient combien ?

— Trois. Pas bien entraînés, trop défoncés pour bander, je m'en suis bien sortie. »

Garnier la dévisage, parvient mal à contenir la douleur que lui inspire l'empreinte des coups sur ce jeune visage. Sans transition, mais non sans difficultés, il quitte son siège en poussant un grognement, agacé par son corps diminué, et disparaît dans un couloir, suivi par l'écho de ses pas bruyants sur le parquet à chevrons. Ce brusque départ laisse Bulle un peu hébétée. Elle observe que sa main n'a pas quitté son ventre depuis pas mal de temps, y laissant une flaque de chaleur. Elle l'ôte vite, la pose sur l'imposant accoudoir de velours, regarde autour d'elle, cherche la distraction et la trouve, fascinée par le vide, l'espace, les moulures et tout ce qu'elle n'avait osé regarder précisément jusqu'à maintenant. Garnier vit dans un dénuement surprenant. Le faste est là, pourtant, sous le dôme, dans l'immeuble, dans ses pierres, dans les volumes, et dans ce vieux lustre extraordinaire dont elle redoute la chute. Mais du faste de Garnier, il ne reste rien. Une façon certainement de tenter de se délester de sa culpabilité, songe-t-elle tandis que les pas heurtés du vieil homme approchent dans une vaine tentative de vigueur.

« Rentrez, mon petit, il se fait tard. »

Alors que Bulle se lève, Garnier glisse dans sa main une chose inhabituelle. C'est léger, doux, c'est du papier. Une adresse y figure.

« N'y allez pas en autodrive. À l'évidence. Arrêtez-vous au moins à Toucy, c'est la ville la plus proche. Ensuite poursuivez à pied. Pas d'Internet, soyez maligne, soyez discrète. J'espère que vous aurez de belles choses à vous dire, à faire ensemble. On ne sait jamais. Ce morceau de papier est ma contribution à la révolution. Oui, je sais, je délègue, mais c'est toujours ça, non ?

— Si. Merci. Merci de votre confiance.

— Vous voulez bien me laisser votre empreinte ? Je crains d'avoir effacé vos mails...

— Oui, bien sûr. »

Garnier sort un holordi de sa poche et le présente devant l'œil de Bulle. L'empreinte est scannée.

« Merci... »

Il considère longuement ses chaussures. Ils sont immobiles près de la porte d'entrée et Bulle n'a plus grand-chose à faire à part quitter les lieux. Soudain, le courage qu'il a débusqué lui suffit et Garnier se penche vers Bulle, fonce sur ses lèvres, y colle les siennes, a plein d'autres projets charnels en tête. Mais tous s'écrasent sur une esquive. Bulle, quoique prise au dépourvu, se dégage et oppose une main au corps osseux de l'intrus.

Tout de suite, ce dernier se confond en excuses, brisé par la honte. Il est tellement désolé, c'était tellement déplacé, il ne sait pas ce qui lui a pris, lui, cette vieille carne, vouloir posséder une si jeune femme, mais ça fait si longtemps... C'est dur. Cette jeunesse, cette fougue charnelle, intellectuelle qu'elle a amenée ici, dans son salon trop grand, c'était trop peut-être de la laisser partir comme ça... Il ne sait pas baiser comme on le fait maintenant. Il n'a jamais su. La réalité virtuelle, le sexe désincarné, ou les poupées putes, là, mais quel enfer ! Les gens baisent tout seuls maintenant.

« Vous faites l'amour vous ? Oh c'est déplacé encore. Vous devez vous dire "il a bien caché son jeu, le vieux dégueu". Bon allez-y. Partez mon petit, et pardonnez-moi.

— Ne vous inquiétez pas, monsieur Garnier pour ce qui vient de se passer. Ça n'a aucune importance. »

Ses mots résonnent, secs, durs, et elle les trouve terriblement maladroits. Mais comme elle ne sait pas quoi ajouter, elle sourit et disparaît. Dans l'ascenseur, un haut-parleur porte la voix de Garnier. Il l'informe qu'un véhicule l'attend en bas.

Une voiture en effet est stationnée juste devant l'immeuble. Bulle approche, l'œil grand ouvert. La reconnaissance opère et le véhicule s'offre, portière ouverte. Bulle prend place, une voix grave de femme, un peu surannée, une voix choisie à n'en pas douter avec soin par Garnier, lui souhaite la bienvenue, l'informe qu'elles passeront par les souterrains. Bulle a rarement l'occasion de les emprunter. Et que le trajet sera *stopfree*, c'est-à-dire sans pauses pub. Voilà quelque chose qu'elle a encore moins eu l'occasion d'expérimenter. Car le faire coûte très cher. Ainsi, elle va filer, connaître une fluidité inédite, passer devant les écrans si vite qu'ils s'effaceront avant d'avoir existé. En pensée, elle adresse un immense merci à Garnier.

Derrière la porte d'entrée, qui s'est fermée automatiquement avec un bruit mat de coffre de banque, celui-ci subit sa gêne.

Cette fougue, cette révolte qui dansaient au fond des yeux de Bulle lui ont rappelé à quel point il n'était plus doté ni de l'une ni de l'autre. Cette envie.

Il y a trop à faire pour que ce monde redevienne vivable, et il est un vieillard. Un vieillard inconvenant et éconduit. Un vieillard qui a raté sa vie. Enfin, cet aveu déleste ses membres et l'autorise à bouger. Il se rend dans la salle de bains, ordonne d'une voix blanche à son armoire à pharmacie de s'ouvrir, saisit une boîte de comprimés, les gobe un à un, jusqu'au dernier, méthodique et sans la moindre théâtralité. Puis il va s'asseoir dans l'un des deux gros fauteuils. Celui qu'occupait Bulle. Il dicte un message à un holo posé sur une cheminée.

« Text pour Tristan Feurn. J'ai rencontré une fille très bien. Je lui ai donné ton adresse. Elle va venir te voir. Toi et Alma l'intéressez. J'ai toute confiance en elle. Reçois-la bien. Je t'embrasse

Tristan. Fin du message. Envoyer. Éteindre terminal. »

L'holordi émet un petit son indiquant sa mise hors tension.

Puis Garnier attend.

Dans la voiture qui glissait sous la capitale, effrénée et indifférente, l'excitation de Bulle est montée. En entrant dans son appartement, elle est à son paroxysme. Des gens font pousser du vivant ! En ce moment même, des gens, des quidams, des gars qui pourraient être elle et Ernest, font pousser du vivant, le mangent, en vivent. C'est extraordinaire. C'est inouï ! Son cœur bat vite, il bondit lorsqu'elle devine la présence d'Ernest aux petits bruits mécaniques qui lui parviennent du salon.

« Alors ? T'as appris des trucs ? »

C'est un torrent qui déferle. Bulle raconte son entretien avec Garnier par le menu, gardant, avec une jubilation mal contenue, le meilleur pour la fin. En parlant, elle a envie de s'interrompre, de révéler qu'elle envisage de garder l'enfant. Le vertige délicieux que lui procure cette simple pensée l'envoûte, mais elle continue son récit et ne parle pas de cette possibilité qui rendrait Ernest tellement heureux. Car elle sait qu'il est plus sage de le préserver de ses ascenseurs émotionnels, et d'un probable réveil qui fera passer l'enthousiasme qu'elle déverse en ce moment pour une phase maniaque. On ne badine pas avec une décision pareille. Pourtant, la possibilité de porter pour de bon l'enfant d'Ernest est là, tourbillonnant dans son bas-ventre. Elle poursuit, égrène les mots, les informations, sa parole est précise, son débit intense, le fin mot arrive, des gens font pousser du vivant !

Essoufflée, elle se tait enfin. Et Ernest dit :

« Bon. Quand est-ce qu'on va en Bourgogne ? »

7.

Respectant scrupuleusement les consignes de Garnier, Bulle et Ernest on laissé leur véhicule à Toucy. Voilà une heure qu'ils progressent au milieu d'immeubles vétustes, auréolés d'enseignes lumineuses. Des poids lourds les asphyxient régulièrement, enrichissant encore l'air déjà bien saturé par l'intense activité industrielle des environs. Ces véhicules affrètent les marchandises des usines que l'on distingue au loin entre les serres et les incinérateurs, dans cet espace implicitement interdit à toute présence humaine, où l'on s'est donné du mal en tout cas pour décourager les promeneurs.

« Mais c'est pas possible qu'ils vivent par ici. On y respire encore plus mal qu'à Paris. J'ai des larmes plein les yeux. J'ai l'impression de marcher dans un cauchemar, là. Un cauchemar caricatural. On dirait un mauvaise blague, cet endroit, tu trouves pas ?

— Hmm. T'es sûre qu'il était digne de confiance, ton vieux chimiste ?

— ...

— Bulle ?

— Oui. Suis sûre. Reconnecte-toi. »

Ernest s'est connecté à un réseau crypté mais capricieux pour déterminer l'itinéraire au fur et à mesure de leur progression.

« Faudra prendre la deuxième à droite. C'est une nationale aussi. On aurait pu avancer encore un peu avec la voiture, franchement.

— Écoute, ça nous fait l'occasion d'une bonne balade. On respire le bon air de la campagne, pas vrai ?

— Haha, la campagne. Ça fait longtemps que j'ai pas entendu ce mot. Ça se dit encore ?

— Encore faudrait-il que ça désigne quelque chose. »

De la campagne, en effet, il ne reste que quelques mauvaises herbes étranges, violettes ou bleues, qui se dressent éparses sur un sol lunaire. Le couple poursuit sa route dans un silence observateur, et un peu pessimiste bien que ni l'un ni l'autre ne soit prêt à l'admettre.

La ville s'efface comme prévu devant quelques usines massives, ceintes de barbelés et de panneaux de mise en garde. Le souffle fétide de la mort flotte dans l'air et engage Bulle à presser le pas. Ernest lui prend la main. Ils atteignent une étendue de bubons de plastique électrifiés, à perte de vue. Des serres. Celles qui produisent les « fruits » et « légumes » des plus riches de la planète, les mystérieux végétaux et graisses de synthèse des autres.

Les logos Sonmanto s'étalent, en lettres rouge sang, visibles certainement depuis le ciel.

Quelques minutes plus tard, l'écran vintage d'Ernest est formel, l'adresse qu'ils cherchent est à deux mètres, tout droit.

« Mais y a rien, objecte Bulle d'une voix défaillante.

— Très juste. Il n'y a rien du tout. Écoute, je veux pas être un connard, mais c'est peut-être un peu fou de s'être jeté à corps perdu dans cette quête des-gens-qui-font-pousser-des-trucs parce qu'un vieux tout ridé t'a donné une adresse sur un papier. On n'a même pas de moyen de les joindre. C'est fantasque quand même, tu reconnaîtras.

— Non, viens. »

Bulle s'élance vers le lieu supposé.

Ernest la suit, en laissant tomber une tête résignée.

Mais il y a bien quelque chose. Une sorte de trappe. Bulle sursaute tandis que celle-ci s'ouvre dans un grincement d'un autre âge.

« Je suis Tristan. Jacques m'a prévenu que vous viendriez. Vous avez pas perdu de temps. T'es Bulle, c'est ça ?

— Oui. Bonjour. Et voici Ernest, mon compagnon. Pardon hein, on débarque, on n'avait pas de numéro, rien, en fait, alors...

— Pas de soucis man, mais restez pas là, descendez. »

Bulle se retourne vers Ernest avec un sourire dubitatif et s'engouffre à la suite de la tête pleine de longues dreads blondes qui la précède. Des lèvres, elle interroge, articule en silence : « Man ? »

Dans l'escalier en colimaçon qui descend dans les entrailles de la terre et au cœur du logis de leurs hôtes, Bulle se tourne à nouveau vers Ernest pour lui adresser un regard. C'est un regard confus, qui ne sait pas bien ce qu'il veut exprimer, un regard phatique qui vise à éprouver le lien seulement, un regard d'amour. Mais Ernest sait bien que Bulle est déçue et que la vie rêvée de ce couple d'agriculteurs libres et révoltés ne s'incarne pas dans ce quotidien sous-terrain, ni dans ces dreads d'ado en crise, encore moins dans ce « man » affecté. Il lui sourit.

Ils arrivent dans un petit salon. L'éclairage est chaleureux, singe assez bien la douce clarté d'un matin ensoleillé. Mais le soleil n'a jamais pénétré dans cette pièce, Bulle ne le ressent que trop bien. Et l'air trop peu manifestement. Une odeur lourde empèse l'espace, un fumet de sébum, une saturation de longue durée.

« Ma femme, Alma. »

Alma s'approche, un peu brusque, un peu maladroite, avec un enthousiasme que Bulle n'a jamais connu chez quiconque. Elle a le sourire immense, franc, les yeux rieurs. Alors que la conversation commence, encouragée par les questions d'Alma, Bulle se demande, en l'observant avec intérêt, si cette fille est une attardée mentale ou une personne dotée d'une aptitude à la gaieté exceptionnelle. Jeanne avait confié à sa fille que selon elle, les gens trop joyeux cachaient souvent des blessures mal refermées. Bulle pour sa part n'en avait tout simplement jamais rencontré, de gens trop joyeux. C'était la première. Mais elle avait l'air sincère. Elle avait l'air heureuse d'être là, en ce moment, avec eux. Elle était fascinante. Bulle détaille ses grands yeux verts, les grosses boucles qui cascadent jusqu'au milieu de son dos, ses gestes pleins d'énergie. Elle peine à se concentrer sur ce qui se dit, et participe distraitement à la conversation. Tristan l'irrite, alors elle préfère résoudre une énigme. Alma est son énigme. Elle a vu au milieu de quoi elle vivait. Faut pas déconner, il n'y a pas de quoi se taper le cul par terre. Elles vivent dans le même monde.

Tristan singe une décontraction qui n'a rien de sincère et qui décidément indispose Bulle. Voilà qu'elle l'a catalogué, c'est plus fort qu'elle. Tristan est bidon. Et le ranger dans cette catégorie lui fait mal. Elle espérait trouver un allié, un mentor peut-être, une source d'inspiration exaltante. Elle serre les dents devant un bouffon. Et le sentiment de solitude face au monde l'ensevelit. Ça n'est pas avec ces deux oiseaux qu'elle se voit faire la révolution. Ils lui brisent son élan, font des confettis avec sa volonté. Ou sont-ils vraiment responsables de la fragilité de cette volonté ?

« Tu sais, man, je peux rien refuser à Garnier. »

Oui, ils le sont.

Ernest se moque de Bulle dont il sait l'exaspération. Il la sent vibrer près de lui, et en sourit.

Mais lui ne s'arrête pas à ces postures rastas d'un autre âge, un peu grotesques, il veut savoir qui sont ces êtres souterrains. Alors il demande. Beaucoup de choses. Et Tristan répond de bonne grâce aux questions, manifestement heureux d'avoir l'occasion de se raconter, de mettre en scène son originalité, de la revendiquer. Il parle de leur arrivée, de la construction de leur maison troglodyte pour faire pousser à l'abri des regards. À chaque phrase qui s'ajoute, le plaisir narcissique d'être écouté, d'avoir un public, l'enivre. Et les « man » prolifèrent, attaquent les oreilles de Bulle qui doit se concentrer pour les mettre de côté et donner aux propos l'attention qu'elle leur doit.

Ils se sentent loin de toute forme de surveillance ici, loin, aussi, des cris désespérés de la société de consommation, loin de la violence. Ils se sentent mieux. Man. Moins mal, précise-t-il, un sourire en coin. Alma passe une main dans son dos, le couve d'un regard maternel.

Il est maker, il l'a lui-même construite, cette maison. Elle ne consomme quasiment pas d'énergie. Et il y a du photovolta au-dessus. Ils vivent en autosuffisance. Ça fait cinq ans qu'ils se sont retirés du monde. Et si Jah veut, ils continueront comme ça.

Celle-là, Bulle ne parvient pas à la laisser passer. Il s'agit possiblement de faire affaire avec ces gens, de monter un truc en commun, une petite révolution. Alors « si Jah veut », il faut que ce soit une blague.

« Si Jah veut ?

— Ouais, Jah, c'est le Dieu des rastas.
— Oui, je sais. Mais... Non, OK.
— Rastafari ! »
Bulle murmure « ouille ouille ouille ».

Alma poursuit, heureuse de déployer à son tour sa petite histoire. Elle donne des détails comiques sur la construction de la maison. Elle explique que c'est une œuvre collective, des types du makerspace de Tristan les ont aidés.

Bulle sort de son mutisme, touchée par l'enthousiasme d'Alma, par l'accueil que leur réserve leurs hôtes. On peut croire en Jah d'abord. Et pourquoi pas ? Oui, ce Tristan ne lui paraît pas spirituel pour deux sous, oui, ces quelques oripeaux rastas semblent brandis comme d'autres brandissent des gadgets technologiques, avec la vanité des aliénés, oui, mais est-ce suffisant pour renoncer à toute alliance ? Alors, elle se racle la gorge et rejoint Ernest pour conter leur quotidien urbain, l'enfermement dans la grande ville, dire leur envie d'autre chose, l'impératif. Puis voilà que la conversation prend un tour plus intime lorsque Alma confie à brûle-pourpoint qu'elle et Tristan n'ont pas réussi à faire un enfant.

« Vous avez essayé d'en avoir ? s'exclame Bulle. Je veux dire, vous le vouliez ? Vous aviez comme projet d'avoir des enfants ?

— Oui. On voulait. Mais on n'a pas pu, alors voilà, la vie a pris un autre tour, peut-être quelque chose de plus tranquille. De plus résigné aussi, certainement. »

Alma conserve son beau sourire, elle lui confie le soin d'enfouir la douleur. Mais Bulle perçoit les blessures dont parlait sa mère.

« Moi, je crains que l'humanité ne devienne définitivement stérile. Je sais que je dois mon infertilité à "l'activité humaine", comme on dit. Je sais que je la dois à ces saloperies qu'on m'a fait bouffer, aux merdes que je respire malgré moi, et à tout ce qu'ont bouffé et respiré les générations qui m'ont précédée et dont je suis issue. Je ne m'illusionne pas.

— Si Jah veut, ça viendra.

— Vous savez, à moins d'un kilomètre d'ici, il y a une décharge à ciel ouvert. Elle est abandonnée. Elle existe depuis près de trente ans, on s'est renseignés. Et en effet, les légumes qui débordent des bennes sont toujours les mêmes, on en ajoute pas, on en retire pas. On n'y touche pas, quoi. Eh ben, tenez-vous bien. Ils ne pourrissent pas. Voilà. Ça fait trente ans qu'ils sont là, et ils ne pourrissent pas. Ça en dit long sur ce que nos aïeuls ont dégusté, hein ? Je ne sais pas si c'était mieux que les cachetons qu'on nous fait gober maintenant. Des légumes qui ne pourrissent pas. Jamais. C'est pas mal, non ? Ça fait belle lurette qu'il n'y a plus grand-chose d'organique dans le "vivant". Enfin, voilà quoi, on résiste dans notre petit coin. Vous voulez voir les fruits de la résistance ? demande-t-elle, tout à fait joyeuse à nouveau. Je peux vous dire que c'est autre chose. »

Derrière Tristan et Alma, Ernest et Bulle descendent d'un niveau encore, se faufilent à pas de chat dans une vaste chambre à coucher, un peu gênés de pénétrer leur intimité et arrivent dans une pièce longue aux murs sombres et au milieu de laquelle la vie explose. Un instant, Bulle ne respire plus. Des feuilles. Elle voit des feuilles, ce vert tellement inhabituel, partout, en rangées, en étages, et des légumes, et des fruits, des formes généreuses dont elle ignore le nom pour la plupart. Elle n'a jamais vu de plantes pousser comme cela. Découvrir des tomates, vertes encore, accrochées à des branches, est un choc ravissant. Elle se laisse envoûter par la parade d'une goutte d'eau qui glisse doucement sur une feuille, s'agrippe, arrivée sur la pointe, pend, s'étire puis tombe dans la terre, qui l'absorbe. Pendant quelques minutes, personne ne parle. Et Bulle entrevoit l'ailleurs.

Seul le sourd ronron de la voiture desépaissit le silence qui règne sur le chemin du retour. Bulle et Ernest n'osent rien exprimer. Tous deux ont besoin d'intégrer ce qu'ils viennent de voir. Tout ce vivant... Ils ne savent pas quoi en faire, de tout ce vivant. Ils ne veulent pas crouler sous l'émotion, et s'emballer dans la joie, pour finalement découvrir que celle-ci n'était qu'un caprice, le désir forcené de croire qu'ils avaient trouvé ce qui légitimait l'arrivée de leur enfant. Ça n'était pas si simple. Il faut garder la tête froide, ne pas céder à la naïveté, au délire. Ils ont été émus, c'est un fait. Mais ils sont suffisamment cortiqués pour savoir que l'émotion peut être un piège. Elle peut faire prendre de mauvaises décisions, laisser parler trop fort une impulsion stérile, voire contre-productive. L'un et l'autre nourrissent sans le savoir la même réflexion, enchaînent les mêmes pensées. Chacun en soi-même, tous les deux ensemble pourtant. Bulle et Ernest n'ignorent pas la force du lien qui les unit, cette connivence spirituelle si précieuse. Elle est leur plus grande chance, celle qui les autorise à se penser face au monde, à envisager de contrer l'époque, avec leurs petits poings. Le véhicule avale l'asphalte sans hésitation, prérogatives des voitures « intelligentes » qui ne connaissent pas les feux rouges. Ernest les a en horreur cependant, car il sait trop bien qu'elles ne le sont aucunement et surtout qu'elles sont hackables. Lui-même saurait prendre le contrôle à distance de l'une d'elles et jouer avec, comme un enfant fou et surpuissant, accroissant sa vitesse démesurément, désactivant les freins, la précipitant dans un mur, ou sur une foule. Cela fait bien longtemps qu'il s'inquiète de cela. Bulle en a fait un article, il y a près de dix ans. Avant qu'elle ait le temps de l'achever, le premier hack malveillant avait lieu. Un disciple d'Oxo avait pris le contrôle du véhicule d'une femme et de sa fille de quatorze ans. Il l'avait envoyé s'écraser dans un amas d'humains qu'un centre commercial venait de régurgiter sur le trottoir. Les passagères de la voiture et deux piétons étaient morts.

Aussi, ni Ernest et ni Bulle ne sont tout à fait tranquilles dans cette capsule glissante. Seules les publicités les contraignent à l'arrêt, la fréquence des arrêts dépendant du forfait choisi par le voyageur. Bulle a décidé de mettre le prix pour ce petit périple, mais ne pas s'arrêter du tout était bien trop cher et le ralentissement progressif de la voiture indique que l'heure du premier festin publicitaire a sonné. Bulle s'en agace. Ils ne roulent que depuis dix minutes. La voiture, doucement, s'immobilise devant un écran. Les derniers modèles de véhicules sont équipés de pare-brise holographiques qui permettent d'imposer les publicités aux passagers tout en roulant. Mais Bulle et Ernest se trouvent dans un modèle antérieur et pour eux ce sera, pour commencer, sérum repulpant sur écran géant. Une femme de synthèse, hyper-réaliste, hyper-sexuelle et pourtant hyper-ennuyeuse apparaît, la lèvre charnue, la poitrine clownesque, la jambe anormalement longue, le bassin étroit et le cheveux soyeux. Elle astique son corps informatique d'une substance qui le fait reluire sous la clarté aveuglante des LED de sa salle de bains. Puis on fonce au cœur des cellules de son abdomen qui, sous l'action du sérum, se repulpent, c'est incontestable. « Des cellules plus fortes, plus vigoureuses, pour une peau élastifique, à l'infini », précise un texte en lettres de platinium, sur la droite. La femme informatique revient à l'écran, envoie un sourire complice au téléspectateur, pivote tandis que son ventre s'arrondit sous l'effet d'une grossesse qu'on n'avait pas vue venir.

« Womb, l'atout beauté de ma grossesse. »

« Bon, eh bien il semblerait que l'heureuse nouvelle soit connue de tous. »

Ernest pose sa main sur la cuisse de Bulle. Elle connaît la chanson, il ne faut pas faire attention, lui souffle-il.

« Je sais bien, mais j'espérais qu'on me laisserait tranquille quelques jours encore. »

Bulle soupire et s'enfonce dans son siège. Une autre pub a pris le relais. Elle fait l'article d'un holordi pour les moins de trois ans. Bulle soupire à nouveau, puis se relève brusquement et précipite ses lèvres contre celles d'Ernest, entreprenant d'initier un baiser mémorable. Aucun dispositif n'a encore été inventé pour contraindre physiquement les gens devant les écrans publicitaires, et cette bouche gourmande, et ce souffle chaud, et cette langue sensuelle, et ces lèvres qui répondent, et cette main qui se pose, et cette érection qui s'impose sont un soufflet, un doigt d'honneur qu'on brandit sans même regarder ; trop affairés, trop enfiévrés, ils sont la résistance.

Un impact met fin au baiser. Un objet a frappé l'habitacle. Le pouls s'accélère immédiatement, l'adrénaline envahit les membres, le corps est nerveux et se tient prêt. Il faut partir. Mais la pub n'a pas fini de parler. Une lessive coule dans l'écran. Bulle s'agite. Elle a repéré le lanceur. C'est un homme. Il approche. Il porte un long objet rouillé. Une espèce de barre de fer, probablement. Il n'est pas seul. Deux types le suivent. Et un enfant !

Ernest essaie de rester calme, vérifie que les portes sont bien verrouillées, appuie sur le starter, sans succès. La lessive n'a pas fini de vanter ses mérites. Et il est inutile de crier « payer », cela ne fonctionne pas pour les forfaits trajets.

« Deux fois en une semaine, tu le crois ?

— Mais non on va démarrer mon amour, on va démarrer. »

Ils sont là. Ils secouent la voiture. Ils ont envie de s'amuser. On leur a fait croire que c'était amusant d'inquiéter un couple prisonnier de la publicité. Un type à droite lève son T-shirt, révélant un ventre gras et tire sur ses tétons avec un air salace qu'il destine à Bulle. Ernest balance sa main contre la vitre. Il gueule. « Dégagez, bande de merdes, bande de trous du cul sans honneur, mais cassez-vous, putain de merde, je vous crèverai, je vous crèverai putain ! » Bulle le supplie de se calmer, il lui semble très capable de se ruer hors de la voiture pour que des coups corroborent ses projets. Ça n'est pas la première fois qu'Ernest et Bulle subissent ce type d'agression, c'est devenu un sport répandu. Mais aujourd'hui, avec sa femme enceinte et l'envie suffocante de trouver des raisons de garder cet enfant, la présence de ces sauvages décérébrés lui est particulièrement insupportable.

Bulle découvre le petit visage de l'enfant hilare dans le rétroviseur. Il ne rit pas de bon cœur, il pousse un rire malade, un rire dément et pathétique interrompu par d'affreuses quintes de toux. Ernest s'excite sur le starter qui refuse toujours d'obéir. Un des types monte sur le capot, baisse son pantalon, révèle un sexe sombre et peu engageant, il se couche sur le pare-brise, frotte l'immonde obscénité devant Bulle. La haine, cette même haine qui l'avait possédée tout entière et qu'elle espérait sans y croire ne jamais plus ressentir, la voici qui la reprend, fait d'elle son esclave, et une machine à tuer. Ernest est sous son joug lui aussi. Il se jette sur Bulle l'entoure de ses bras, protège son visage, y mêle le sien. Ils respirent fort. Ernest sent une larme contre sa joue. Il souffle : « Ne pleure pas. » Elle ne répond rien. Elle renifle. Enfin, la voiture se met en route. Au bout de quelques dizaines de mètres, l'abruti qui donnait des coups de barre de fer sur le toit saute.

Ils ne disent rien, d'abord.

Puis, Bulle articule :

« Tu vois bien qu'on peut pas le garder. »

Elle a l'impression de ne plus dormir de la nuit ces derniers temps. Elle a lutté pour trouver le sommeil ce soir. Elle s'endort toujours vite, éreintée. Certes, elle se réveille et ne trouve plus de repos, mais s'endort vite d'ordinaire. Aucun répit ce soir, un cerveau en ébullition. En se réveillant finalement d'un court sommeil, en pleine nuit, Bulle réalise qu'il s'agit certainement là des premiers effets de l'arrêt de l'Exilnox. Ernest n'est pas dans le lit, elle part le trouver dans la cuisine. Assez impatiente, à vrai dire, de le voir, de lui parler.

Ernest contemple les graines que leur a offertes Tristan et qu'il a posées sur la table basse. Il y a du recueillement dans sa posture. Bulle vient s'asseoir à côté de lui, découvre qu'il y a de l'impuissance aussi. Ernest ne sait pas quoi faire de ces graines, voilà la vérité. Il sourit à Bulle puis appuie sur son holordi. Celui-ci projette un mail. Ernest n'ajoute pas de commentaire. Alors Bulle lit. La construction du dôme de leur arrondissement appuyée de longue date par des élus heureux de satisfaire l'entreprise qui assurera les travaux et saura leur faire part de sa reconnaissance va bel et bien avoir lieu. Les travaux doivent commencer au trimestre prochain. Il en coûtera aux locataires des immeubles abrités une augmentation de leur loyer de 180 % dans un délai de dix-huit mois. Il leur faut donc partir. On leur confisque leur petit refuge. Soit. Bulle n'émet aucune parole. L'accumulation d'émotions, d'espoirs déçus, de violences, l'accumulation d'emmerdes en un mot a fini par l'anesthésier.

« C'est un appel à se bouger le cul, tu ne crois pas ?

— Si, Ernest. Si, tu as raison. Mais moi, j'ai peur. Je ne crois pas qu'on puisse tout faire en même temps. La révolution, un enfant... C'est sublime, un enfant de toi. Mais je ne veux pas lui imposer toute cette merde. Les trois chances sur cinq de développer un cancer avant l'âge de six ans, les canicules, les passages à tabac, les ouragans, les agressions sexuelles, le risque, permanent, de cette prison géante. Je l'aime trop pour ça. Et je n'arrive pas à envisager ce grand changement qui t'anime, et je crois que toi non plus, que tout ça relève du fantasme. »

La voix s'étrangle et les larmes sourdent, malgré les efforts de Bulle pour les contenir.

« Je suis désolée.

— Je sais, je comprends.

— C'est demain.

— Je viendrai avec toi. C'est à quelle heure ?

— 11 heures.

— Je viendrai avec toi. »

8.

Ernest est parti tôt au makerspace. Il s'est hâté de trouver refuge dans le faire. Il ne connaît pas l'urgence imposée par un tiers, il ne connaît que ses urgences à lui, et ce matin, il était urgent d'aller concevoir, fabriquer, de noyer sa peine dans l'édification. C'est ce que l'oreiller, creux encore de la tête de son homme, souffle à Bulle. Et cela vient gonfler un peu plus sa peine à elle. Il a laissé un mot, il la retrouvera à la clinique.

Il est 8 h. Dans trois heures environ, elle sera vide.

Un soudaine envie de vomir la propulse vers les toilettes. Accroupie près de la cuvette, elle se contorsionne, esclave de ses spasmes, pour expulser de misérables filets de bile. Cette triste valse l'occupe de longues minutes.

Essoufflée, elle s'assied au sol. Mais se lève vite. Pas question de laisser la douleur et le chagrin s'établir tranquillement, pas question de les laisser proliférer. Ils sont là, c'est un fait, mais la décision de supprimer la possibilité de l'enfant est prise, et elle doit être forte. Elle doit se lever, là, par exemple, maintenant. Les membres faibles et hésitants, elle se déplie, en prenant appui sur le bloc des toilettes.

Dans le salon, elle attrape ses comprimés nutritifs, boit son verre d'eau, mâche sa JawGum, cette pâte qu'il est recommandé de mâcher trois fois par jours pendant plusieurs minutes pour éviter que la mâchoire, privée de tout exercice de mastication, ne s'atrophie. Ruminant, la voici de nouveau immobile et sans volonté. Le bracelet de son holo vibre et la fait sursauter. Quelques mots dans l'air. « Ernest s'est fait arrêter. Ils l'ont emmené. Je sais même pas où. »

Le cœur manque un battement. Puis reprend ses pulsations, plus rapides. Les doigts engourdis par l'angoisse, Bulle vise d'un index tremblant le nom du messager. C'est Ethan. Il ne répond pas. Un autre message apparaît. « Nan Bulle j'aime pas l'oral. C'est pas sûr. Viens, on reste sur Encrypt, c'est mieux. »

« Non mzis c'edt pas pratiuqe. »

Bulle arrête d'écrire, excédée par ses fautes de frappe, incapable de commander ses doigts correctement. Elle prend une grande inspiration et dicte sa réponse à la machine.

« Je me renseigne. »

Le sang bat dans ses tempes, et les larmes l'empêchent de bien distinguer les noms qu'elle fait défiler. Ils forment une cascade bleutée qui lui donne le vertige, et accentue la sensation qu'elle a de tomber, sans que cette chute ait une fin. Ernest dans un de ces centres. Ernest aux prises avec ces zombies qui se galvanisent et rivalisent de violence. Ernest frappé, humilié, molesté. Bulle pince les lèvres, puis serre les dents, de toutes ses forces, oblige ces sordides visions à se rabougrir.

Vernan. Ça y est, elle l'a. Vernan Front Pop. Le souffle court, elle commande : « Appelle Vernan. » Les bips se succèdent. À chaque bip, une inspiration, il faut tenir, à chaque bip, une petite prière à l'univers pour que le directeur réponde.

« Sigmund Vernan. » L'interface reste noire, Vernan n'a pas activé la vidéo.

Le soulagement, l'espoir, puis la précipitation.

« Monsieur Vernan, bonjour. Bulle Orsen. Je suis la sœur de Théophile Orsen, vous m'avez gentiment reçue il y a une semaine.

— Mademoiselle Orsen, que me vaut ce plaisir ? Votre petit protégé est de nouveau parmi nous et vous souhaitez le voir sortir ?

— Non, pas exactement. C'est pire en fait. Voyez-vous, mon compagnon a été arrêté et enfermé. Je viens de l'apprendre, je ne sais même pas où il est. Je me demandais si vous pourriez...

— Vous aider ? Il s'appelle comment, votre joli cœur ?

— Ernest Dormeil. D-O-R-M-E-I-L.

— Ernest Dormeil, Ernest. Dormeil. Ouais, je le vois. »

Le cœur qui bondit. L'impression de proximité avec l'être aimé soudainement, l'insoutenable éloignement pourtant.

« Ernest Dormeil, trente-six ans.

— Ah ! Vous le voyez, c'est-à-dire ? Est-ce qu'il a été déposé au Front Populaire ?

— Maker. Ah tiens, vous êtes en couple avec un maker, vous ? Ben décidément, il est haut en couleur votre entourage.

— Oui, mais quand vous dites que vous le voyez, vous voulez dire qu'il est enregistré au Front Populaire, ou vous avez accès à la liste des détenus d'autres centres ?

— C'est déjà rare d'être en couple, un peu rétrograde quelque part, mais alors avec un maker ! Vous êtes spéciale. Vous bossez pour un infomédia mais vous êtes une marginale, en fait.

— Je vous en prie, monsieur Vernan. Dites-moi où se trouve Ernest.

— Vous ne manquez pas d'air, ma petite. Vous vous souvenez comment vous m'avez parlé la dernière fois ?

— Oui, je suis désolée. J'étais bouleversée par l'état de mon frère, je suis sincèrement désolée. Je vous en supplie, il faut que je le fasse sortir de là, il n'a rien fait de mal.

— Ah, je ne suis pas tout à fait d'accord, vous savez très bien que c'est illégal d'appartenir à un makerspace. Il a ce qu'il mérite, votre tendre ami. Ça va bien de jamais suivre les règles, vous avez vu où ça a mené la société ? »

La colère a entrepris tôt dans cet échange pénible d'établir son camp sous la poitrine de Bulle, elle a pris ses aises, incandescente et brûlante, s'est vite répandue dans les membres, la gorge, a marbré le visage de rouge, menace à l'issue de cette ultime provocation de jaillir sous forme d'écume et d'insultes. Mais il ne faut pas, il faut la dominer. Bulle désactive le micro et hurle. Puis le remet en marche.

« ... de nos jours. De l'ordre, je vous dis. Donc les petits rebelles de la trempe de votre Ernest, je ne m'émeus pas tellement de les savoir dans la fosse.

— Je comprends. Ernest est-il au Front Populaire, monsieur Vernan ?

— Oui.

— Ah, merci beaucoup. Je suis prête à vous verser ce que vous me demanderez. Consentez-vous à m'aider ?

— Non.

— Je vous en supplie ! Accordez-moi un entretien, je peux être là dans vingt minutes, j'arrive.

— Non, c'est inutile, restez chez vous mademoiselle Orsen, et cessez donc de vouloir placer vos proches au-dessus des lois. Au revoir. »

Bulle veut jeter son holo, retient son geste. Sa poitrine est un cratère. Que faire ? Que faire maintenant ? Comment supporter une seconde de plus le sort atroce de l'homme qu'elle aime ? Il doit sortir. Elle doit le faire sortir. Vite. Maintenant. Elle n'aurait pas dû parler par holo interposé. Peut-être que Vernan lui a dit non par crainte d'être sur écoute. Elle va y aller, elle va lui demander de visu. Oh et puis, c'est ridicule, il se serait bien foutu d'être sur écoute, tout le monde connaît le système des pots-de-vin destinés aux directeurs des centres de détention. Non, la chose est bien plus grave. C'est une histoire d'ego, le petit salopard a été vexé, et le lui fait payer. Elle voit très bien à quel type d'individu elle a affaire, elle n'obtiendra rien de lui. La voilà incapable de libérer Ernest à cause du joker qu'elle a abattu pour faire sortir son ingrat de frère. La situation lui paraît si odieuse qu'elle n'a même pas la force de pleurer, ou de crier. Elle est sidérée. Foudroyée sur son canapé. L'holordi lance en l'air un rappel : clinique Otis Atlan, 11 h, IVG.

Sous l'empire soudain d'une détermination surpuissante, Bulle va trouver Ethan pour en savoir plus, et élaborer avec lui un plan d'action. Elle ne connaît presque pas ce garçon. Mais elle sait qu'il s'est fait amputer des deux bras, afin de se faire poser des prothèses bioniques. Fils unique d'un couple d'Intégrés qui lui laissèrent un pécule avant de mourir, il s'est offert cette coquetterie à l'âge de dix-huit ans dans l'espoir de stimuler sa confiance en lui. Pratique tout à fait courante chez les quelques humains les plus fortunés du globe, « l'augmentation » pour laquelle avait opté Ethan en priorité devait le rendre plus fort, accroître ses réflexes, lui faire taper des lignes de code à une vitesse époustouflante, le débarrasser de cette silhouette rachitique qui le complexait tant surtout, et de la frousse constante qu'elle induisait chez lui. Pris d'une fièvre technologique, il dépensa ce qu'il restait de son héritage dans d'autres opérations dont il attendait qu'elles fassent de lui une sorte de super-héros. Geek solitaire, c'est ainsi qu'il se retrouva avec des bras de métal, des yeux dotés des smart implants les plus perfectionnés – ceux qui en plus du Web, offraient la possibilité d'enregistrer ce qu'on regarde, de zoomer, de voir dans le noir. Il se fit également implanter une caméra à l'arrière du crâne, afin de toujours savoir ce qui se tramait derrière son dos, et des écouteurs dans les tympans.

Au loin, un robot empoigne sans ménagement une frêle silhouette. Une migrante, probablement. Pour elle, les dés sont jetés, ce sera les camps, sans détour, pas de chichis, c'est le lot de ceux qui essaient de survivre par ici, refusant de mourir dans leur pays de naissance. Au trou. Bulle voudrait intervenir, mais à quoi bon. Pour le coup, ce cas-là la dépasse, elle ne peut qu'éprouver son impuissance. Elle ralentit pourtant, rencontre le regard éperdu, les traits épuisés, le corps menu et décharné de la jeune femme, ravale la boule de larmes qui lui emplit la gorge, mais accélère à nouveau. Parce que si elle ne peut aider cette femme, elle veut, elle va sauver son homme et avec lui, une certaine idée de l'existence.

Au bout de la rue, elle se retourne quand même, elle veut revoir la femme, mais celle-ci a déjà disparu entre les bras zélés du robot.

Ethan a rejoint le makerspace récemment. Cette rencontre en tête-à-tête avec Bulle provoque chez lui des bégaiements et des hésitations qui rendent la progression de la discussion difficile.

Bulle lutte contre l'envie de mettre des coups à son interlocuteur pour décoincer les mots qui se refusent et lui font perdre tant de temps, tandis que son Ernest s'enlise dans la réalité du Front Populaire. Pour éviter un tel débordement, elle coupe court.

« Écoute, moi j'ai réfléchi sur le chemin et je vois qu'un truc. Il s'est fait balancer par le mec du premier. Ils avaient eu des mots déjà, Ernest le sentait pas. Tu vois qui c'est ? »

Ethan, rouge pivoine, acquiesce d'un signe de tête.

« Cette petite merde a dû vouloir se faire un bakchich, une délation à la con, un peu de thunes pour s'acheter le dernier Oculus Rift et se palucher au milieu d'un gang bang, je vois très bien. Eh ben je peux te dire un truc, Ethan, je vais pas laisser un fils de pute à la recherche des orgasmes cosmiques que lui a promis la pub foutre ma vie et celle de mon mec en l'air. Tu vois, on avait des idées, on avait des idées, putain, et on attend... »

Ethan, profondément gêné par le brusque emportement de Bulle, affiche une mine effrayée.

Il faut garder le cap qu'elle s'est fixé sur le chemin, être pragmatique et rationnelle. Ce garçon a l'air fragile. Bulle se prend même à le trouver touchant au milieu de ses deux gros morceaux de métal. Il est essentiel de ne pas craquer devant lui, malgré sa dévorante envie d'être rassurée, et consolée.

« Il faut qu'on fasse sortir Ernest. On ne peut pas le laisser là-bas, réussit-elle finalement à dire sobrement. Il faut que ce type, le délateur, revienne sur sa déclaration. Il faut qu'il dise qu'il a menti. Je peux le payer pour ça si le menacer de lui botter le cul ne suffit pas.

— Je, je. Je. Je ne crois pas que ce soit possible. Je. Je sais comment ça se passe. Y a même pas de procès pour ces délits-là. C'est la justice... expéditive. C'est... de la merde. Ils, ils, ils sont entrés ici, ils ont vu.

— Mais ils ont vu quoi ? Un capharnaüm, c'est tout.

— N-n-n-non c'est évident ce que ss-ss c'est ici. On ne peut rien p-p-p-pour Ernest. C'est, c'est, ss, sss, sss. »

Bulle bout.

« Sss, c'est trop tard, expulse enfin Ethan, exsangue.

— Mais il a été pris à l'intérieur, c'est sûr ? Tu as vu quoi, Ethan ?

— Ben, tu v-v-v-veux que je t-t-te montre ?

— Oh mais c'est vrai que t'as le truc qui filme, toi.

— Ben oui. M-m-m-mais peut-être que ss-ss-ss-c'est pas une bonne idée.

— Si. Montre, dit-elle d'un air qu'elle veut calme, tandis que son visage s'empourpre et que des larmes font briller ses yeux bleus.

— N-non mais ça ss-ss-ss-sert à rien.

— Montre, j'te dis ! »

Ethan sursaute.

Bulle s'adoucit, désolée :

« On sait jamais, y aura peut-être de l'info.

— Bon. Ben vas-y.

— Ah non mais j'ai pas de smart, moi. Ça sert à rien que je te montre le fond de mes yeux.

— Ah. »

Ethan branche la projection de son bracelet d'holo d'une rapide rotation du poignet, ses iris deviennent gris et opaques, et apparaît sur son avant-bras une vidéo. Bulle reconnaît le boulevard Ney, puis l'avenue d'Aubervilliers, qui mène au bidonville. Ethan accélère d'une pression du doigt sur l'avant-bras, il lâche au moment de l'entrée dans le bidonville. Un mouvement soudain obscurcit l'écran.

« Je me suis p-p-p-planqué derrière un muret », précise Ethan.

Enfin, Ernest apparaît. Menotté. Escorté sans ménagement par un robot de la BAC. Il est docile, sait que s'agiter ne sert à rien. Il accepte son sort avec horreur et résignation, garde la tête droite. Il s'éloigne. Il encaisse. Il a mal d'être pris. Pour rien. Bulle sait tout ça. Elle ressent sa rage rentrée, sa volonté de demeurer fort. Son appréhension. Elle lui a dit tellement de choses sur les camps.

Elle éprouve son dégoût, sa haine, son sentiment d'impuissance. L'idée de l'infantilisation. Elle sait tout. Le poignet d'Ethan redevient métal. Bulle met un peu de temps à sortir de cette projection qui l'a happée tout entière. Elle lève les yeux vers Ethan qui a retrouvé ses iris noirs. Il a l'air d'avoir peur, peur de la détresse de Bulle, de la situation, peur parce qu'il ne sait pas quoi dire.

Bulle s'enfonce dans le vieux canapé. La nuque posée, elle se met à suivre les craquelures du plafond, qui, à l'instar d'à peu près tout ce qui compose ce reste de ville devenu bidonville, menace de s'effondrer. Se concentrer sur les trajectoires des fissures et le cheminement des moisissures l'aide à réfléchir. Et le constat de l'insupportable l'oblige à réinventer les possibles, à les extorquer. Elle se redresse un peu. Se faisant, elle remarque sa main, posée, encore, sur son ventre. Pour une fois, elle ne l'ôte pas.

« Tu vois, ça v-v-va vite. On apprend pas grand-chose.

— Écoute, déjà on va sauver le makerspace. C'est précieux, ce qu'il y a ici. En tout cas, je sais que ce sur quoi travaillait Ernest est précieux. On va vous délocaliser. On va trouver un autre endroit. Il faut que ce qui se passait ici, les réflexions, les inventions, l'usage humaniste, écologique de la technologie, il faut que tout ça continue.

— Moi j, j, jjj, je fabriquais une chasse d'eau télécommandée. »

Bulle sourit. Avec une chaleur dont elle ne se croyait plus capable depuis ce matin, elle le remercie d'avoir fait de l'autodérision, d'avoir posé de l'humour au milieu de la catastrophe.

« Non, m-m-m-mais l'urgence, c'est de se casser de là surtout, reprend-il. Les flics vont revenir. Ils. Ils. Ils vont pas laisser tout ça traîner. Ils vont l'embarquer. Et ils vont surveiller les allées et venues, ils se feront un plaisir de nous tomber dessus si on entreprend un déménagement.

— Je ne crois pas. Ils ont pincé un maker, ça leur a fait leur petit quota, ils sont contents. Ils n'ont pas mis la main sur le matos planqué, tu me l'as dit toi-même. Donc en gros, étant donné le trou à rat minuscule dans lequel ils ont pris Ernest, il n'y a pas de raisons qu'ils soupçonnent l'existence d'un réseau qui justifie de revenir rapidement. Mais nous, on va partir. Pour que vous puissiez bosser plus sereinement à l'avenir. »

Bulle s'étonne intérieurement des mots qu'elle vient de prononcer. « À l'avenir. » C'est la première fois qu'elle emploie cette expression. Peut-être était-ce tout bêtement l'Exilnox qui l'en empêchait. Qu'importe, ça n'est pas la dernière.

Ethan se mord l'intérieur des lèvres. Cela trahit son intérêt, pense Bulle. Il a peur mais il est séduit. Alors elle enchaîne, battant le fer :

« Nous, vous, enfin vous allez partir, pour protéger les acquis et pour continuer. Ça va être bien. »

Bulle est désespérément optimiste, mais cela lui demande un effort douloureux et par vagues des larmes affluent qui lui piquent les yeux et qu'elle voudrait libérer. Chaque fois, la mine apeurée d'Ethan l'en dissuade.

Lorsqu'Ali et Élise les rejoignent, lorsqu'ils approchent et posent sur elle des regards pleins d'empathie, Bulle défaille. Ali est un grand homme, connu pour son esprit potache, mais aujourd'hui, devant la femme de son ami, il se fait tout petit et souffre de ne pas savoir comment l'apaiser.

C'est la première fois que Bulle rencontre ce groupe de hackers avec lequel Ernest passe pourtant le plus clair de son temps. Pas tout à fait des amis, ils étaient le quotidien de ce dernier. Pour ne pas s'effondrer devant les trois compagnons d'Ernest, elle se concentre sur ce qu'elle sait d'eux, reconstitue les puzzles de leur personnalité, tricote le lien qui les unit. Ethan, le bodyhacker émotif. Élise, née dans la rue, d'une mère sans emploi, d'un père déserteur. Une famille dont l'histoire est marquée du sceau du chômage, du poids de l'ennui et de la désespérance. N'a pas eu accès à l'éducation, l'école de la République ayant échoué puis renoncé à éduquer la plupart des habitants des bidonvilles. A mal grandi, nourrie depuis l'âge le plus tendre de l'infâme bouillie gratuite. En garde ce visage malade, ce corps rachitique, cette malformation du poignet aussi, probablement. A appris à lire seule. À se battre, seule. À vouloir, seule. Fatiguée de l'état comateux quasi-permanent de sa mère, elle s'est forgé une passion pour le code informatique en trouvant un vieil holordi dans une benne. A débarqué au makerspace un jour, parce qu'il y avait de la lumière, que ça avait l'air calme. Y est revenue chaque jour, y passant des heures observatrices et silencieuses. A mis longtemps avant de prononcer un mot.

Ali, le brillant migrant yéménite. Jure beaucoup. A un frère disparu, en souffre... En fait, d'Ali, elle ne sait pas grand-chose. Parce qu'Ernest n'en sait pas grand-chose non plus. Parce qu'Ali est un garçon rigolard, volubile mais secret.

De Bulle, les trois savent qu'elle a su rendre Ernest très amoureux, et qu'elle fait partie des Intégrés. Elle est à la fois l'une des leurs et tout le contraire. En ces instants, les yeux rougis qu'elle pose sur eux sans trouver rien à dire font d'elle leur sœur.

Alors, Élise brave sa timidité et la distance de mise entre les humains, s'approche, s'assied aux côtés de Bulle et pose sa main sur son épaule. Ce geste, qui est une rareté et l'expression d'une fraternité dont elle n'a jamais fait l'expérience, bouleverse cette dernière. Elle craque, libérant deux grosses larmes.

« C'est normal que tu pleures Bulle, lâche-toi, ça fait du bien, lui dit Ali. Mais ça va aller. C'est un costaud notre Ernest, ça va aller, c'est pas un petit séjour au Front Pop qui va nous l'abattre. Hein ? T'inquiète, fais-lui confiance.

— Non, Ali, c'est brutal là-bas. C'est pas rare qu'on en sorte mort. J'ai eu accès à des st... »

Le mot est dévoré par les sanglots qu'elle ne cherche plus à retenir.

Ali reste droit comme un piquet, engoncé dans son embarras, contaminé soudainement par les craintes de Bulle. Ethan a viré au cramoisi. Élise avale ses lèvres. Chacun, bien en peine de savoir quoi faire ou dire, laisse Bulle déverser sa détresse liquide.

Mais elle se reprend. Elle va faire son maximum pour le faire sortir. Et si par malheur elle échoue, ce qu'ils peuvent faire de mieux pour lui est de préserver son travail. Elle redit sa conviction qu'il leur faut déménager puis, entraînée par une fougue insoupçonnée, décide de confier leur visite chez les dealers de semences. Ernest a confiance en ces trois-là, elle décide de leur accorder sa confiance à son tour. Les trois amis n'en croient pas leurs oreilles. Des citoyens qui font pousser du vivant... Les possibles qui se cachent derrière une telle découverte. C'est prodigieux. Ali peine à rester en place.

« Ils ne peuvent, pour des raisons évidentes, cultiver en pleine terre, poursuit Bulle. Ils ont entrepris de dépolluer des morceaux de terre et cultivent hors sol. Et le mec est assez irritant... Mais je me dis qu'il n'est peut-être pas impossible de développer ce système à grande échelle. Le truc, s'interrompt-elle, échafaudant son raisonnement en direct, ouais, le truc c'est qu'il est impossible de faire ça sous terre. Et évidemment inconcevable de le faire en plein air, on serait repérés avant même d'avoir planté la première graine.

— Ouais, dit Ali. Mais y a un endroit où personne viendra nous faire chier. La montagne. »

La montagne, cet endroit infernal, et déserté par l'humanité depuis des lustres. Cet endroit auquel la « civilisation » a renoncé après que les stations de ski se furent dépeuplées puisque la sécheresse rendait ce loisir impossible.

La montagne... Un mot presque ésotérique. Un projet complètement délirant.

« Oh ! Tu crois ?

— Non mais t'emballe pas, Bulle, on va pas aller vivre à la montagne, tempère Ali. C'est irréaliste.

— La montagne, répète Bulle, fascinée par la seule sonorité de ce mot désuet. »

9.

Elle voudrait déjà être au camp. Mais une panne d'électricité dans les transports paralyse la ville. Le métro a été vidé de ses voyageurs. La peur a déployé ses tentacules sur tout GranParis. Chacun craint un acte terroriste de grande ampleur, un hack spectaculaire et dévastateur. Bulle nie la peur, elle veut retrouver Ernest, le libérer, le voir, au moins.

Tout autour, les écrans se tiennent la main, ne concédant pas une once au réel. Les publicités le disputent aux shows variés. Un talk lamentable met en scène un « clash », réaction à un autre « clash » qui aurait fait suite à un « dérapage », orchestrés depuis des semaines, les uns après les autres, commentés par les confrères, grand-messe sempiternelle de la vacuité absolue. Plus loin, Katounia, star mondiale et multimillionnaire, tirant sa gloire de sa participation au premier gang bang impliquant des robots infatigables, vante les mérites d'un implant nouvelle génération, à sa gauche, le site InfoMaximale fait alterner les updates sur la situation à GranParis, alimentant les angoisses avec un arsenal impressionnant d'approximations et de surinterprétations, et l'interview de StiV, champion du monde d'e-tennis, gamer obèse et analphabète. Plus loin, on s'entretient avec Xan, terroriste encore incarcéré et élevé au rang de star par les médias, comme tant d'autres. Une pub encore à ses côtés, puis c'est une jeune femme qui se raconte, à travers le récit de la mort de son frère dans une attaque de gang. Bulle sert les dents en l'apercevant, elle a déjà été exposée en allant chez Ethan à ses singeries, à son émotion fabriquée de toutes pièces selon les attentes supposées des téléspectateurs. La jouissance que lui procure sa présence sur les écrans est palpable, et la mort de son frère une aubaine. Bulle a la nausée. Au bout de la rue, elle découvre à gauche d'une pub pour le Yolonix, une boisson phosphorescente qui promet la joie, qu'un attentat suicide vient de faire douze morts à quelques mètres de chez elle. Son dos alors se fait humide, froid. Elle ne s'arrête pas pour regarder les images, elle les connaît déjà. Les corps démembrés, les faces explosées, les organes disséminés. Mieux vaut presser le pas. Un homme à roulettes manque de la renverser tandis qu'elle oblique en direction d'Aubervilliers.

Dans le sas trop familier, elle patiente. Mais lorsque le robot arrive pour procéder à la détection d'armes et à la reconnaissance oculaire, sa petite visite au camp prend fin, et c'est sans ménagement qu'elle est invitée à quitter les lieux. Parlementer avec la créature ne sert à rien. Recrachée sur le trottoir, malade d'impuissance, elle rappelle Vernan, mais celui-ci ne répond pas.

Sur le mur du camp, des projections indiquent les url à consulter pour prendre des nouvelles d'un détenu que l'on connaît. Le site Internet des camps est à l'image de l'établissement dont il se fait l'écho : une forteresse impénétrable. Sans l'url en question, impossible d'obtenir la moindre information sur un proche. Rendre le contact avec les détenus aussi difficile que possible est un objectif à peine dissimulé. Les noms défilent sur le mur, par ordre alphabétique, selon un *modus operandi* archaïque. Par chance, à l'exception de deux personnes qu'elle n'a même pas pris la peine de regarder, Bulle est seule devant l'enceinte et la liste de prisonniers. Elle se tient donc prête à scanner lorsque le nom tant aimé apparaîtra enfin. Le voilà. Bulle, vive comme l'éclair, brandit l'holordi.

Quatre mois.

Ernest a pris quatre mois.

Quatre mois sans voir, sans toucher, sans savoir. C'est inconcevable. En quatre mois, Ernest a le temps de mourir mille fois sous les coups. Bulle cherche nerveusement sur le site la rubrique sobrement intitulée « clémence » dans laquelle on peut prendre connaissance de la somme requise pour une libération anticipée, autrement dit du montant du pot-de-vin à verser pour faire libérer un proche. « Montant pas encore renseigné. » Bulle grogne.

Rafraîchit la page. Grogne. Rafraîchit la page. Grogne. Rafraichît la page. Jure. Rafraîchit la page. Hurle : « Putain ! » Rafraichît la page. 10 000 dollars. Le bras qui porte le bracelet de l'holordi lâche, pend le long du corps. Cette petite merde... Cette fiente sans honneur, qui a déjà fait 5 000 dollars sur son dos, la raquette. 10 000 dollars, c'est délirant. Un premier élan la fait rougir et allumer à nouveau l'holo. Elle va appeler. Qui ? Qui pourrait-elle appeler ? Le ministère de la Justice ? Est-ce qu'elle connaît quelqu'un ? Non...

Bulle, agrippée par désespoir à l'idée d'un *deus ex machina* qui lui ouvrirait les portes de ce temple des enfers et la conduirait jusqu'à son homme, est rattrapée par une âpre lucidité. Rester par ici est une perte de temps. Mais accepter le sort d'Ernest sans broncher une aberration. Bulle s'assied à même le bitume, tandis qu'une fine pluie marronnasse commence à tomber. Déjà les petites brûlures se font sentir sur le front. Bulle rabat sa capuche et décide qu'elle ne laissera pas le monde décider de leur existence. Elle fera libérer Ernest.

Et elle gardera leur enfant.

10.

Le mail envoyé le matin même à Garnier est resté sans réponse. Une pirouette professionnelle permet à Bulle d'obtenir le pass qui lui ouvre pour la journée les portes du dôme abritant celui qu'elle espère être son sauveur. Devant l'immeuble, elle prend trois minutes pour calmer ses passions. Il s'agit de ne pas passer pour une folle aux abois. Elle doit inspirer la confiance. C'est un grand service qu'elle s'apprête à lui demander. Réactiver de vieilles relations pour faire libérer le compagnon de la femme qui s'est refusée à lui. Bon. Certains diraient peut-être que c'est un peu culotté. Mais il se trouve qu'elle est à court d'idées, qu'elle n'a rien à perdre et que... merde, elle y va.

Bulle ouvre grand son œil droit devant le point de reconnaissance. Un déclic se produit qui l'invite à formuler le nom de celui qu'elle vient voir.

Un bruit sourd d'ouverture répond étrangement à son appel après quelques secondes désagréables durant lesquelles elle se sait observée.

Arrivée à l'étage de Garnier, elle trouve la porte d'entrée entrebâillée et pénètre dans l'appartement. Des pas prétentieux approchent, démesurément appuyés, déterminés à martyriser le plancher pour mieux démontrer l'importance de celui qui se cache encore derrière eux. Pas les pas de Garnier, ça.

« Alors ? Qui êtes-vous ? demande l'homme aux gros pas, un type d'une trentaine d'années, au costume brillant et cintré, qui continue de déplaire à Bulle.

— Je m'appelle Bulle Orsen. Je cherche à voir M. Garnier. »

Le jeune type la toise de haut en bas, puis de bas en haut, en prenant son temps.

Excédée, Bulle coupe court en lui demandant :

« Et vous ?

— *Old school*, je vois très bien. Vous étiez sa maîtresse, c'est ça ?

— Je voudrais voir M. Garnier.

— Mon père est mort. Vous étiez sa maîtresse, non ?

— Quoi ? Mais comment ? Quand ?

— Oh, vous répondez jamais aux questions ? J'ai dit : est-ce que vous étiez sa maîtresse ? C'est pas compliqué, comme question.

— Non, j'étais une amie.

— Haha, une amie.

— Que s'est-il passé ?

— Suicide », lâche-t-il en se laissant reposer avec une nonchalance affectée sur le cadre de la porte, les bras croisés, le menton haut.

Sans attendre plus de regards salaces, ou d'autres seaux de mépris, Bulle tourne les talons. Sonnée, elle ne sait plus où aller. Avance tout de même dans la rue pour éviter tout rappel à l'ordre, mais zone en vérité, au milieu du quotidien des ultra-riches qui clament leur indifférence. Ce quotidien est électrifié par un événement que Bulle n'est même pas capable d'identifier immédiatement. Il lui faut voir passer en hurlant deux enfants qui convulsent sous l'effet d'un caprice, traînés par des gouvernantes asiatiques épuisées pour se souvenir que le soir de Noël est presque là, et avec lui, l'hystérie consumériste de rigueur sous les dômes. Il n'y a plus que là que l'on célèbre encore cette fête sans du tout savoir d'ailleurs ce qu'elle représente historiquement ou religieusement. Les notions de paix, de trêve, de partage ne sont même plus des souvenirs. Le 24 décembre de chaque année, on se rassemble sous les dômes du monde entier, on s'oblige à créer un simulacre de famille, on retrouve des personnes que l'on ne reverra plus avant le 24 décembre suivant et on s'installe autour d'une orgie de cadeaux, on vénère frénétiquement le Dieu consommation, on distribue les achats réalisés en suivant scrupuleusement une liste établie par des enfants dont le désir a été construit mécaniquement par des annonceurs. On mange trop, on jette, on fait semblant d'être heureux. Puis on avale son Exilnox et on va se coucher. Bulle suit du regard les deux petits morveux écumants, détruits par la frustration et le recours au caprice inoculés par leurs parents. Et soupire.

Garnier suicidé.

Garnier a définitivement renoncé, lui. Il est libre maintenant, sans doute. La tentation de se laisser sombrer est grande, mais Bulle pense au petit noyau qu'elle a décidé de conserver. La confusion, la solitude, l'horreur doivent être tenues en laisse. Elle n'a plus le droit de les laisser exercer leur empire. C'est fini, ça. Elle a le sentiment d'avoir pris la première décision de sa vie. Elle n'y est pas allée de main morte, pour une première décision. Garder son enfant, lui inventer un monde. C'est... épuisant comme projet.

Et puis, elle ne sait pas bien où aller. Au bureau ? Inconcevable. Elle sait bien que l'holo s'excite sous les mails et les rappels. Il vibre sans cesse à son poignet. Peut-être même que son patron, cet homme invisible avec lequel elle n'a presque jamais de contact, a pris la peine d'essayer de la joindre pour qu'elle se remette au boulot.

À court d'idées, elle va trouver le voisin du makerspace, cette balance qu'elle voudrait atomiser. Elle frappe à sa porte. En l'absence de réponse, elle lance un coup de pied, et les gonds de la porte cèdent sans résistance. L'homme est occupé à faire fondre les composants électroniques d'un vieux bracelet, dans le but de les revendre, certainement. L'odeur est suffocante, et l'air excessivement toxique, mais Bulle avance masquée. Elle aimerait avoir trouvé son coupable, un type sur qui passer ses nerfs, seulement elle doit se rendre à l'évidence. Cette épave, restée perchée après une overdose de meth, n'a pas vendu Ernest à la police. Bulle se sent bien démunie, sans solution, sans coupable, sans personne à qui faire payer sa douleur et son sentiment d'injustice. Dehors, elle revient donc avec cette incompréhension. Qui a bien pu balancer Ernest ? Ça peut être n'importe laquelle de ces âmes échouées ici alors ? songe-t-elle en balayant le bidonville d'un regard circulaire, croisant la marche molle de deux hommes crasseux et obèses, les baraques de plastique, les allées et venues d'un homme et d'une femme qui apportent des écuelles de bouillie coulées d'un distributeur rouillé à des gens plus capables de se déplacer, les détritus qui brûlent en produisant une fumée noire et épaisse, les impacts de balles qui achèvent de fragiliser le seul immeuble de pierre encore vertical, celui-là même dans lequel Ernest a été arrêté.

« Qu'est-ce que tu viens faire par ici, sale petite merde ? lui lance une femme édentée et sans âge, assise par terre.

— Ben je sais pas trop, en fait.

— Sale chienne. Bouffeuse de culs. »

Bulle croise le regard d'un homme, assis dans une tente branlante et ouverte. Ses bras sont ramenés autour de ses jambes repliées et ses yeux sont las. Ils scintillent un peu pourtant lorsqu'ils rencontrent ceux de Bulle, et établissent une connivence désolée, face aux insultes de la femme. Il sourit, hausse les épaules, semble dire : « Pardonnez-la, elle n'est pas méchante. » Bulle le croit. Et elle lui est reconnaissante. Pour la douceur.

« Sale chienne, j'te dis !

— Oui. Je vais y aller.

— Ouais suce ta bite. Moi, je suis pas n'importe qui. Moi, mon grand-père, il avait plein de pognon. Comme toi, sale petite merde. Mon grand-père, il travaillait », crie-t-elle, tandis que Bulle s'éloigne.

C'est certainement vrai. Et Bulle décide que pour elle, le moment est venu d'arrêter de travailler justement. Parce que travailler comme elle le fait ne la mènera nulle part. Et puisque l'argent ne pourra rien pour libérer Ernest.

Arrêter de vendre son temps à NewsLive, c'est ne pas se donner d'autre choix que de réussir à bâtir l'autrement, à la montagne. Elle a 4769 dollars devant elle pour ça. Et le feu aux fesses.

11.

Huit jours sont nécessaires pour rencontrer pour la deuxième fois en trois ans son patron, un homme suffisant bien plus jeune qu'elle. Stefen Irgan a vingt-six ans, mais déjà la peau malmenée par la chirurgie. Dans son colossal fauteuil qui prend sans se cacher des allures de trône, il parle vite, et de beaucoup de choses que Bulle ne comprend pas. Les mots qu'il projette sur elle ont vocation à l'impressionner, ça elle l'a saisi, elle sait aussi que ce jeune garçon « gère » les activités automatisées de la multinationale dont fait partie LiveNews et qui a mille autres domaines d'activité, de la production d'implants, de logiciels de traitement de big data en passant par la conception de vêtements ou l'incinération sans tri des déchets... Il évoque des faits, des chiffres, des pays, des audiences, du pétrole, des parts de marché, cherche à démontrer l'étendue de ses responsabilités, qui est vaste, à n'en pas douter, tellement vaste que la réalité des dites responsabilités se rabougrit sous la démesure.

Le petit homme sur son trône est en fait un contremaître de robots et d'algorithmes auxquels il n'entend rien. La voilà, la réalité. Moins flamboyante donc. Le petit homme est le fils de son père et c'est ce qui explique sa présence sur ce trône en face de Bulle qui produit d'intenses efforts pour se montrer aimable. Elle est venue lui demander un grand service, elle a porté jusqu'en ce lieu son espoir de faire libérer Ernest. Elle pense que ce fils de père en a les moyens. Alors elle sourit. À cette condition, elle est prête à continuer de passer la plupart de ses jours dans ces lieux vides de sens, de morale ou d'intérêt.

Il est rare que des employés sollicitent un entretien avec leur patron. Il ne sait d'ailleurs toujours pas pourquoi elle a demandé à le voir et continue de pérorer, sûr de son importance, convaincu de l'honneur qu'il lui fait en déblatérant de la sorte. Lui-même ne sait pas bien ce qu'il raconte, il est impossible qu'il en soit autrement. Bien que distraite, Bulle note de grosses contradictions dans son monologue, pas mal de phrases insensées aussi. Quand enfin, il s'arrête, un peu las de sa comédie et de l'effet limité qu'elle produit sur son interlocutrice, il se redresse sur le trône, lève le menton et demande :

« Alors, qu'est-ce qui vous amène ? On s'est déjà vus, non ? »

Bulle acquiesce, tâche d'exercer son charme malgré la conviction que sa plastique est bien peu de chose pour un homme de cet acabit face aux créatures toutes de latex et d'intelligence artificielle faites qu'il doit côtoyer bien plus volontiers. Enfin, elle sourit, puis explique le cas d'Ernest, passant sous silence les raisons de sa présence dans un camp de détention, le prétendant plutôt victime d'une erreur judiciaire et comptant bien sur le fait que la personnalité a priori paresseuse et peu curieuse de Stefen ne l'incite pas à chercher à savoir quoi que ce soit.

Sa réponse est sans appel. Il n'aime pas mélanger le personnel et le professionnel. « C'est mieux que son compagnon purge sa peine », tranche-t-il alors que son iris devient gris et opaque sous l'activation de son smart implant.

« D'ailleurs, pardonnez-moi d'être pragmatique mais ça vous donnera plus de temps à consacrer à l'entreprise parce si j'en juge par vos data, vous avez fait des horaires très très light ces derniers temps. C'est pas acceptable ça, madame Orselli.

— Orsen.

— Madame Orsen.

— Écoutez, j'ai besoin de mon compagnon. C'est atroce de vivre sans lui, de le savoir dans l'un de ces camps ignobles. Essayez de vous mettre à ma place. Il doit y avoir quelque chose que vous pouvez faire. Ne connaissez-vous pas quelqu'un qui pourrait le faire libérer ? Vous voulez que je vous supplie ? Je vous en supplie, monsieur Irgan.

— Madame, vous me mettez mal à l'aise. Je vous ai déjà répondu. C'est un grand non. Je ne fais pas libérer les délinquants, moi. Peut-être devriez-vous en profiter pour changer de compagnon. Ou pour rester seule. Je suis certain que vous feriez une employée plus performante dans ces conditions. Vraiment, votre désinvestissement est préoccupant. »

Bulle était prête à continuer quelque temps de venir chaperonner ses machines à purin pour bénéficier de l'aide de ce type mais il n'est plus question de s'attarder. La colère, la frustration de se voir impuissante à faire libérer Ernest, encore, l'empourprent déjà. Son débit se fait plus heurté.

« Eh bien, justement, c'est amusant que vous abordiez le sujet car je viens également vous annoncer ma démission. Un mail recommandé suivra, d'ici quelques heures. »

Le jeune Stefen se décompose, incrédule et comme frappé en plein cœur par un désaveu tout personnel.

« Pardon ?

— Je dis que je vous annonce ma démission.

— Je ne comprends pas. Nous avons le monopole de l'infomédia en France et je ne vois pas qu'il est question pour vous de mobilité interne, dit-il en fouillant nerveusement la projection des caractéristiques de Bulle.

— Non, non, en effet, pas de mobilité interne.

— Mais alors quoi ? Qui vous recrute, dans ce cas ? Quelles qualifications nous avez-vous cachées ?

— Oh, rassurez-vous, aucune. J'ai décidé d'arrêter de travailler pour des entreprises.

— Je ne comprends pas.

— Je m'en doute. »

Cette provocation lui est pénible, et il ne parvient pas à mettre fin à cet entretien dans ces conditions. Il garde le silence quelques instants pour tenter de comprendre ce qu'il vient d'entendre. Quitter volontairement un emploi rémunéré ? C'est aberrant. Et une de ses employés qui démissionne ? Inconcevable. C'est une insulte qu'il ne pensait pas avoir à souffrir un jour.

Il n'a pas grand-chose à faire, voir Bulle se lever lui déplaît, alors sa voix s'envole dans les aigus pour la retenir. Il se racle la gorge puis répète :

« Attendez. Vous vous rendez compte de ce que vous dites ? Je vois que vous n'avez pas reçu d'héritage, pas fait de mariage lucratif, je n'invente rien. Regardez vous-même : vous ne pesez pas grand-chose. Vous allez vivre comment ?

— Mieux. Je n'achèterai rien d'inutile, c'est tout. »

Dans les yeux marron de Stefen, Bulle se voit définitivement basculer du côté des pauvres qui croupissent en attendant la mort. Dans son iris, elle distingue parfaitement la signature de son suicide social. À présent, elle n'est plus personne, et déjà en effet, Stefen se désintéresse de son cas. Elle observe sa soudaine nonchalance, ses membres devenus mous, en profite pour jeter un dernier regard à ce à quoi elle compte définitivement tourner le dos : cette pièce grandiloquente, blanche, brillante, vide, agitée seulement par les projections holographiques des cours de la Bourse, des réseaux sociaux, des pubs et mails qui en cascade déferlent sans discontinuer de part et d'autre de la grande table sur laquelle Stefen a coutume de faire semblant de travailler. Rutilante et aseptisée, astiquée, brossée, désinfectée par les petits objets dévolus à ces tâches, la pièce a quelque chose de mort. C'est que rien n'y vit, en vérité.

« Je crois que n'avons plus rien à nous dire, ponctue le petit patron.

— Je ne vous remercie pas pour votre aide. Allez, bon vent Irgan ! »

12.

Au plaisir du panache suit un acharnement besogneux pour ne pas désespérer. Savoir Ernest dans ce camp infernal est une épreuve extraordinairement douloureuse, ne rien savoir d'autre de ce qui lui arrive parachève l'horreur. Le manque est lancinant. S'ajoute à lui la culpabilité. Celle d'avoir trop souvent laissé l'état du monde l'assombrir, trop souvent autorisé ses indignations et ses angoisses à la rendre taciturne, désagréable, à pénétrer leur relation. Le remords. S'être permis de passer ses nerfs sur la personne qu'elle aime le plus au monde, avoir laissé le dehors saccager l'intime. Révolte vaine, et mal placée. Et le voilà loin d'elle maintenant. Inatteignable.

Les crises de panique la laissent rarement en paix. Avoir démissionné, quelle folie ! Qu'est-ce qu'elle a voulu prouver ? C'est pour se racheter d'avoir été une parfaite connasse avec Ernest juste avant qu'on le lui enlève ? Pour prouver qu'en fait elle a bien le cœur pur ? Mais c'est complètement con ! Et sa mère ? Où est-ce qu'elle va la caser, sa mère, quand elle devra payer le centre et qu'elle n'aura même pas de quoi régler son loyer ? Il faudra que le départ soit prêt, d'ici là. Le grand départ, vers le grand inconnu, le grand n'importe quoi. Avec ce bébé qui n'a rien demandé. Elle est irresponsable. Elle a toujours été timorée, et voilà que sur un coup de tête, enceinte, elle prend la décision la plus dangereusement radicale de toute sa vie !

Mais à ces culpabilités, ces angoisses étourdissantes succède le plus souvent l'exaltation de l'aventurière qui se donne les moyens de réinventer sa vie. Les deux font une moyenne. Une moyenne éreintante au quotidien. D'autant que Bulle fait en outre l'expérience d'une condition nouvelle. Le début d'une grossesse. Depuis qu'elle l'a découverte, de menues manifestations ont commencé à apparaître, qu'elle ne savait pas trop à quoi attribuer. Aux révélations de Garnier ? À l'arrêt de l'Exilnox ? Insomnies, vertiges, épuisement soudain, palpitations... Elle a fini par reconnaître qu'elle découvrait un état inconnu, qui lui imposait un rapport inédit à son corps, qui imposait de lui porter une attention toute neuve. Elle n'était plus seule, elle abritait quelque chose qui avait des chances de devenir quelqu'un. Curieux état que celui-ci, entre-deux incertain où l'on est un hôte mais où l'on ne sait pas si on va le rester. Les innombrables fausses couches des femmes enjoignent Bulle à la prudence. Toujours est-il qu'elle ne se sent plus tout à fait la même. Fébrile, affamée, fatiguée, Bulle devient aussi déterminée. Elle encaisse ses crises de panique comme un navire les vagues déchaînées dans une tempête. Elle a pris une décision, elle a gardé ce qui va devenir leur enfant, et chaque jour qui passe doit le justifier. Aussi, elle tâche de noyer ses crises dans une action qu'elle veut créatrice, une action qui serait l'exact contraire de l'agitation. Depuis deux semaines, Bulle dort peu mais réfléchit beaucoup à tel point qu'à plusieurs reprises, ses réflexions se sont muées en des moments d'hébétude. Mais toujours, Bulle se reprend, volontaire et combative, à la recherche du plan qui leur fera faire un pas de côté, à elle, à Ernest, à l'enfant. Un pas de côté. Et la découverte de ce fameux ailleurs, qu'elle avait décrété inexistant. Elle prépare leur évasion.

Elle consulte les plans des projets d'Ernest, les décrypte, lentement, les comprend, les assemble, s'endort, se réveille, exhume d'Internet des textes précieux sur les communs, sur la mise en réseau des énergies, de l'agriculture, imagine une communauté intelligente, a la nausée en songeant à une vie « communautaire », se fait violence et visualise des bâtiments qui ne consommeraient presque rien, mais produiraient de l'énergie, qui pourrait être redistribuée sur un réseau, des potagers gérés localement et collectivement, une société capable de tirer le meilleur de la technologie, renonçant à la traire pour produire l'inutile, capable de gérer enfin ses ressources intelligemment. Elle découvre, plongée dans un temps immersif et hors du monde, que les solutions ont déjà été pensées, il y a des dizaines d'années, que tout est déjà là. Et elle admet bien vite qu'agir seule ne l'emmènera pas bien loin. Aussi, sa première tâche consiste à bousculer l'isolement protecteur qu'elle avait échafaudé pour faire face au monde. Ils ne sont plus deux dans cette affaire, ils seront bientôt trois et, c'est terrible à dire, mais ils vont avoir besoin des autres. Les « autres », cet enfer supposé, ce grand réservoir à emmerdes, ce vaste bordel que Bulle a appris à éviter. De ces autres-là, le 2 janvier 2051, sur les coups de deux heures du matin, elle se résout à s'en faire des alliés. Il va falloir collaborer avec Tristan et ses poses rastas d'ado en crise, Ethan et ses bras en fer, Élise et sa tête de rat mouillé qui s'excuse, Alma et ses sourires bienheureux... Tu parles d'une dream team. Il va falloir s'unir à ces inconnus, les côtoyer, quotidiennement... Le rythme cardiaque s'accélère un peu, la crise de panique pointe le bout de son nez. Mais Bulle l'envoie valser. Oui, le collectif lui fait peur, ces inconnus l'inquiètent, mais le terrorisme et les catastrophes climatiques plus encore, alors bon. Le relativisme fait son œuvre, et sur les coups de trois heures, après avoir digéré sa propre décision, elle note qu'il s'agit maintenant de les convaincre de s'allier à elle. Il allait falloir revêtir un costume de leader charismatique, insuffler de la foi, inspirer, motiver. Sur ces considérations, Bulle s'endormit, ce qui, elle en conviendra le lendemain, n'augure rien de bon sur ses compétences de leader énergique.

Qu'importe, cette nuit-là, elle dormit, véritablement, sans ces réveils en sursaut qui l'empêchaient de se ressourcer depuis des jours. Et ça, ça n'était pas rien. Pour le leadership, elle apprendrait. Elle avait déjà pour elle une nuit de sommeil.

Chaque jour, elle contient son envie de contacter la bande des makers, attend sagement d'avoir quelque chose de fort à leur dire, d'excitant, il s'agit de ne pas partir sur du tiède ou sur la triste détonation d'un pétard mouillé. Et dans son coin, quittant peu le canapé du salon, Bulle pose les jalons de l'action, avec un grand A. Sur la tablette archaïque d'Ernest, elle inscrit, certaine que ces données sont tout à fait protégées, les étapes de l'Action. Dénicher le lieu qui accueillera leur nouveau monde. La montagne. Cette planète déconnectée du territoire des hommes. Bulle ne sait rien de la montagne. Peut-être ces hauteurs sont-elles peuplées d'animaux, de fauves qui seront ravis de tomber sur quelques snacks providentiels ? Elle chasse ces craintes infantiles, ces imageries de contes horrifiques, car elle sait l'approbation d'Ernest. Elle sait qu'en faisant un pari aussi fou, elle ne le laisse pas tomber dans le trou qui l'engloutit pour quelques mois, elle prépare sa sortie, elle se bat pour lui, pour eux, bâtit une tentative de bonheur. Une fois les craintes infantiles écartées, Bulle passe en revue ce que les satellites ont à lui dire des montagnes françaises. Au prix de quelques migraines ophtalmiques, elle scrute, chemine, zoome et dézoome, arpente les vallées, monte jusqu'aux cimes. Mais la balade est peu réjouissante. Son exploration virtuelle révèle que des coulées de boue, certainement dues à la fonte des glaciers, ont interrompu les routes, quand elles ne les ont pas tout bonnement effacées. Des nuits durant, Bulle fouille les Alpes, le Jura, les Vosges et les Pyrénées et enfin, trouve un matin, alors que le jour se lève et que ses yeux piquent, une route qu'elle suit avidement de son regard rougi, et qui ne s'arrête pas, elle, qui conduit à bonne altitude, qui promet le calme, l'isolement et la paix. Ce matin-là, Bulle pense avoir trouvé leur route, et commence à entrevoir la réalité derrière le fantasme qu'elle s'était fabriqué pour avoir le courage d'entreprendre. Et cette réalité-ci ne lui fait pas peur.

À vrai dire, la peur, le dégoût, tous ces sentiments plombants et quotidiens laissent progressivement place à un impératif d'urgence.

Le lendemain, Bulle refait donc le chemin qui mène chez Tristan et Alma. Sur le dernier tronçon de route, qu'elle parcourt de nouveau à pied, elle répète les mots qui présenteront son projet, les arguments qui devront convaincre ses deux auditeurs de la suivre. Leur participation est déterminante. Bien sûr, elle pourrait apprendre d'eux comment faire pousser des vivres, mais c'est d'une équipe dont elle a besoin. Pour la première fois de sa vie, Bulle cherche le groupe, elle a besoin de lui, se sent bien peu de chose sans les autres. Luttant contre la faim qui la tenaille continuellement malgré les pilules dont elle a triplé la dose, elle tâche de ne pas subir le flot de ses pensées, si abondant qu'il en devient agressif. Elle se concentre pour mettre de l'ordre, pour repousser l'idée qu'elle délire, qu'elle est un peu folle d'aller chercher des gens pour les intégrer à un projet auquel elle seule pour l'instant a officiellement souscrit. À chaque pas qui la rapproche du couple, elle s'enlise un peu plus, se trouvant peu claire, éprouvant de la honte à débarquer comme elle s'apprête à le faire avec un plan aussi inabouti. Aussi naïf, peut-être ? Puis elle passe devant la déchetterie des légumes qui ne pourrissent pas et se ragaillardit.

Pour autant, c'est une bouillie de troubles, d'ânonnements et d'approximation qu'elle sert au couple. Entrecoupée même de quelques moments de blancs où l'émotion lui fait perdre le cours de ses pensées. Tristan commente ce qu'il vient d'entendre, sans même un « man » pour ponctuer ce qu'il a retenu. Bulle y voit un mauvais signe, tuerait à présent pour entendre un « man », songe que la vie est bien imprévisible. Alma, elle, arbore un visage grave qui surprend autant Bulle. Là encore, le signe n'est guère encourageant. Et elle ne parvient pas à leur en vouloir tant elle se trouve peu convaincante. Qui aurait envie de tout abandonner pour suivre une femme tremblotante qui vous assure qu'il faut la suivre et construire avec elle un village autosuffisant dans la montagne, en marge du monde ? Un silence s'installe et perfore la tête de Bulle. Au comble de la gêne, elle largue une phrase, comme une excuse, comme une raison : «Je suis enceinte». Puis s'en veut immédiatement. Qui aurait envie de tout abandonner pour suivre une femme tremblotante *et enceinte* qui vous assure qu'il faut construire avec elle un village autosuffisant dans la montagne, en marge du monde ?

Alma bondit et se jette à son cou. Bulle a un mouvement de recul. Puis accueille la jeune femme entre ses bras. Tristan ne dit rien, il réfléchit. Et alors qu'enfin Alma se détache de Bulle qui commençait à se trouver bien mal à l'aise dans cette longue accolade, il se met à parler.

«Écoute, félicitations, c'est une très belle chose, ça peut être une très belle chose, mais tu vois, c'est ta vie, man, on peut pas tout lâcher parce que t'attends un mouflet.

— Je sais pas pourquoi j'ai dit ça. Ça n'avait pas sa place dans mon discours, c'était idiot de partager cette information. Tu as raison, c'est ma vie.

— Attends, Bulle, l'interrompt Alma. Attends-nous deux secondes.»

Et d'un regard, elle invite Tristan à la suivre, à l'écart.

Bulle reste seule dans le petit salon, très consciente soudainement de se trouver littéralement six pieds sous terre. Elle ne respire pas bien. Et elle veut venir s'installer ici ? C'est le refuge qu'elle envisage ? Ne serait-elle pas encore victime de son impulsivité ? Il y a moins d'air. C'est sûr. Elle le sent. Elle n'écoutait pas bien, la dernière fois, lorsque Tristan racontait le système d'aération à Ernest, mais elle manque d'air, c'est certain. Ernest... Que fait-il ? Comment va-t-il ? Est-il blessé ? La douleur. Cette douleur insupportable, en sourdine, mais irradiante dès qu'elle baisse la garde. La douleur de l'absence. La douleur de l'incertitude, de l'inquiétude pour l'être aimé. Et l'air qui manque. Bulle voudrait partir. Mais pour aller où ? Si elle n'obtient pas l'aide de ces deux-là, à qui va-t-elle faire appel pour apprendre à faire pousser du vivant ? Si elle s'en va, qu'est-ce qui attend son enfant ? Cette vie-là ? Encore ? En pire. Puisqu'elle n'aura bientôt plus un sou. Mais qu'a-t-elle fait ? Paralysée, elle reste donc sur le canapé défoncé. Et sursaute, lorsque Alma et Tristan font irruption, sortant du potager.

Alma s'approche avec son sourire désarmant. Ses yeux rieurs amènent avec eux une délicieuse rasade d'air que Bulle inspire goulûment. Sans savoir, par une sorte de mimétisme animal, elle esquisse un sourire, qui s'étire.

« C'est d'accord, plante Alma, triomphante.

— C'est-à-dire...

— C'est-à-dire, on part avec toi, man. On est chauds. On va faire tout ça. On va faire ce qu'on fait ici dans la montagne, offrir à des humains dissidents les moyens de leur subsistance, les moyens de leur prétention. Tu penses que y en a pour combien de temps de trafiquer ce qui nous faut pour aller là-bas ? Ils sont combien les potes de ton mec t'as dit ?

— Trois.

— Ouais, trois. Ça fait pas lourd, quand même. »

Bulle exulte intérieurement. Elle n'en revient pas. Elle a réussi. Sous ses bafouillements, ils ont entendu le bien-fondé de son projet, ils ont compris l'issue, ils veulent bâtir l'ailleurs, et l'autrement. Elle n'est pas seule. Elle n'est plus seule. Ne pensant même pas à poursuivre la conversation, elle considère d'un sourire béat ces deux personnes qui sont désormais ses partenaires.

« Hein, Bulle. Il a raison, ça fait pas lourd...

— Pardon, quoi donc ?

— Ben six personnes pour construire une oasis autosuffisante, man. Ça paraît serré. Il va nous falloir des années avant d'être prêts à partir.

— Mais non, on va commencer petit. Quelques planches pour la maison, des tentes, une éolienne, une pile de stockage pour l'électricité, un système d'épuration pour la flotte du lac – ça je crois qu'Ali a un truc – les potagers, et puis le reste viendra plus tard. Il faut qu'on apprenne la méthanisation aussi, c'est prodigieux pour la production d'énergie. Non, en revanche, tout ça doit être fabriqué en effet, et pensé en kit pour être transportable.

— Quand tu dis “je crois qu'Ali a un truc”...

— Oui, je crois qu'il a bossé sur un système d'épuration d'eau.

— Donc t'es pas sûre.

— Quasi. Quoi qu'il en soit, ils en sont capables. Ça fait des années qu'ils tournent autour de ces trucs. Je ne sais pas s'il a déjà un proto, mais une bonne partie du boulot a été faite. Écoutez, je ne vous cache pas qu'il y a du boulot. Bien sûr. Ça participe de la beauté de l'entreprise. Mais comme je vous le disais, ils ont peur des descentes de police, maintenant. Je pense qu'ils ne reviendront pas tout de suite, mais ça peut arriver, et on ne doit pas être distraits par ce type d'inquiétude. On doit être absolument à ce qu'on fait. C'est pour ça que je viens vous demander autre chose. »

Bulle tente d'ignorer les visages méfiants qui se dessinent à ces mots. Vaillamment, elle poursuit, parle un peu plus vite pour cacher que son souffle est court.

« Est-ce que vous seriez d'accord pour les accueillir ici ? Le temps de développer nos outils. »

Tristan et Alma se raidissent.

Bulle, ne laisse pas la raideur s'installer, veut la combattre, enchaîne.

« Quatre mois. Pour quatre mois. C'est rien, quatre mois pour changer complètement de vie, pour retrouver du sens, et de l'oxygène.

— Mais Bulle on va s'entretuer, c'est pas immense ici, souffle Alma, déçue de voir sa belle excitation abîmée par une pareille contrepartie.

— Je sais, y aurait de la promiscuité c'est vrai. Mais pas pour longtemps. Il faut voir ça comme un hackaton hyper-intense. L'idée, c'est qu'on soit prêts à partir pour la libération d'Ernest. Vous voyez, ce sera circonscrit dans le temps. On s'abrite tous ici pour créer plus rapidement et plus sereinement ce dont on aura besoin pour s'établir à l'air libre. »

Bulle évoque l'air libre à dessein. Et elle touche juste. Rappeler que leur projet les mènera dans un espace infini, sur la terre et au milieu du vent est un argument de poids pour des petites taupes fatiguées de leur condition. Car elles le sont, et leur élan premier les a trahis. Tristan et Alma restent silencieux quelques minutes, se regardent. Bulle croit avoir gagné. Mais Alma reprend la parole, sur un ton toujours aussi hésitant, qui suffit à l'ébranler à nouveau. Elle se sent rougir et lutte pour conserver les dehors du leader qui sait où il veut aller.

« Mais tu es sûre qu'ils sont totalement dignes de confiance ? Tous ?

— Oui. Ernest a confiance en eux, alors moi aussi. Parfois, il faut se laisser aller à faire confiance aux autres, sinon on ne peut rien. La méfiance est trop puissante de nos jours, elle paralyse toutes les intentions.

— Non mais d'accord man, mais on risque gros là, quand même, j'ai pas envie de “tenter le coup”, tu vois ? On veut être certains que ces gens sont vraiment réglo.

— Mais tu es prêt à partir vivre avec eux.

— Oui. Là-bas. Tous dans le même bateau. Les avoir ici pendant trois longs mois où ils auront bien le temps de se demander si ça vaudrait pas le coup de me balancer pour se faire un peu pognon, plutôt que de se faire chier à construire une éolienne, c'est pas pareil.

— Je comprends. Ils sont dignes de confiance. Je ne vous exposerais pas inconsidérément. »

Quelques minutes de recueillement sont encore nécessaires. Puis l'accord est conclu. Tristan et Alma offriront le siège des opérations.

Lorsqu'elle quitte leur terrier, Bulle est un peu abasourdie. Aussi fière qu'elle est inquiète de ce qu'elle vient d'accomplir, elle met un pas devant l'autre. Parce qu'il le faut. Parce qu'il n'est pas question de fléchir. Et qu'il va falloir composer avec l'écrasante responsabilité qu'elle est en train de faire naître. Droit devant se dessine la vilaine ville.

Le jour même, galvanisée par la confiance que deux personnes qu'elle connaît à peine lui ont offert, elle sert une tribune passionnée à Ali, Élise et Ethan. Ernest avait commencé à élaborer l'ébauche d'une ville autosuffisante, ils en connaissent mieux qu'elle les détails. C'est cette ville qu'elle leur propose d'aller construire. À l'issue de son monologue tremblant, elle ne sait pas interpréter leur sourire et fait l'hypothèse qu'ils se moquent d'elle. Mais ils ne se moquent pas. Ils disent oui.

« Sérieux ? Comme ça ? Vous dites juste oui ?

— Ben dep-puis l'arrestation d'Ernest, on se demande un p-p-peu ce qu'on fout là. Ça aurait pu être nous, une n-n-n-nouvelle descente nous pend au nez. Et si on arrête de fabriquer nos trucs, on crève d'-d'-d'-d'ennui, alors bon... C'est pas comme si on avait le choix, en fait.

— Oh, mais un peu de panache, Ethan ! réagit Ali. Tu viens d'accepter d'aller créer un monde alternatif, d'être un pionnier, un dissident, dis pas que t'y vas parce que t'as pas le choix.

— Ouais. Ouais, ouais, et il se trouve que je suis un g-g-g-gros dissident. »

Élise glousse doucement, tout en continuant à actionner une espèce de petite courroie.

Bulle esquisse un sourire mécanique. Ces trois personnes ont-elle ce qu'il faut pour bâtir la nécessité ? Ont-elles l'ardeur, la constance, le sérieux ? Un vertige maintenant, encore. Bulle chancèle. Tout le temps. Ses perceptions sont trop changeantes, son monde trop instable. À vouloir loger ses désirs dans les gens, ne les nie-t-elle pas, ces gens ? Ne les fantasme-t-elle pas plus qu'elle ne les considère ?

« Ça va ? T'es toute blanche.

— Oui. Oui, oui, pardon. Dites, vous avez quoi de disponible aujourd'hui en termes d'équipement de production énergétique ou de logement ? »

Les trois makers se regardent.

« Franchement, pas énorme, avoue Ali. On n'a rien de "prêt" à proprement parler.

— Mais ça peut se faire vite, ajoute Élise, pour apaiser Bulle dont elle perçoit l'espoir et la fragilité.

— Mais vous faisiez quoi ? Tout ce temps ?

— Ben on faisait quoi, on faisait quoi. On s'occupait. On testait. On améliorait. On tentait autre chose. Voilà, quoi. Mais tu sais, Bulle, si tu crains qu'on soit pas à la hauteur, tu le dis et puis on gagne du temps. Parce que tu fais une drôle de gueule depuis tout à l'heure.

— Mais non, Ali. Non, mais je dois évaluer ce qu'il nous reste à faire.

— Ben tout.

— Ah.

— Ouais, appuie-t-il, débordant d'ego. Et ça nous fait pas peur, tu vois.

— OK, OK. C'est génial, balbutie Bulle, gênée d'avoir brisé cette communion. »

Les trois regards la transpercent comme des lasers, et soudain elle craint de n'être plus pour eux que l'Intégrée. Une altérité seulement. Un être qui voudrait les dominer, se nantir des fruits de leur travail. Bulle se redresse. Reprend la parole, pour ne pas sombrer dans la paranoïa.

«Mais Ernest? Il n'avait pas des protos déjà prêts?

— Il avait quelques trucs. Mais il les a détruits le jour de son arrestation. On les a retrouvés dans la cour. »

Bulle voit la scène. Devant elle, Ernest réduit en pièces le fruit de mois de labeur puis les jette par la fenêtre tandis que les pas métalliques de son arrestation approchent. À grandes brassés, il jette, atomise les preuves de la création. Puis il s'évanouit lorsqu'Ali ajoute, orgueilleux :

« Mais on fabriquera ce qu'il faut. »

Les jours qui suivent, Bulle peine à se réjouir de l'énergie qui entoure sa démarche, de cet élan insoupçonné qui anime pourtant encore des gens dans ce bas monde. Elle ne parvient pas tout à fait à éprouver la joie que devrait lui procurer le début d'une action commune. À chaque pas qui la rapproche de la concrétisation du projet, de nouvelles questions portent un coup sur sa poitrine. L'épuisement l'empêche d'y répondre.

L'action se déroule pourtant, parce Bulle ne sait pas l'arrêter, parce qu'elle l'a initiée et qu'elle doit l'assumer. Et à l'aurore, un groupe de makers anonymes, un petit tas d'Inactifs, s'activent pourtant et quittent leur bidonville, sans états d'âme, excités seulement. Bulle coordonne la transhumance vers Toucy, part avec Élise et Ethan dont elle s'assure qu'ils prennent avec eux le minimum. Il a été convenu qu'Ali les rejoindra avec un véhicule fantôme, une voiture déconnectée, que des heures de recherche ont permis à Bulle d'extirper des profondeurs du Web. À bord, il transportera de quoi commencer à travailler. Pour la suite, il faudra aviser.

13.

Dans l'ancien salon de Tristan et Alma, où a été établi l'espace de travail des makers, chacun reste silencieux. Inhibée par ces nouveaux visages réunis chez elle, Alma est incapable d'exprimer son légendaire enthousiasme, elle ne parvient à glisser entre eux que de vagues sourires. Tristan n'est pas plus à l'aise. Élise tire sur ses manches, Ethan se racle la gorge, Ali regarde le plafond, et la gêne s'empare de tout ce petit monde. Bulle les a quittés, prétextant une courte visite aux toilettes. Voilà en réalité cinq minutes qu'elle est prostrée sur l'un des lits superposés qui ont été montés la veille pour accueillir le sommeil des travailleurs, dans une promiscuité qui la décourage. Elle ne se sent pas bien, incapable de prendre la parole pour galvaniser les âmes qui l'attendent dans la pièce d'à côté. Elle se sent seule, seule au milieu des attentes légitimes de ceux qu'elle a réunis, et à l'étroit. Elle opère un mouvement de balancier, le buste près des cuisses, les bras croisés comme les manches d'une camisole.

Dans quel merdier s'est-elle foutue ? Construire de quoi vivre correctement au milieu d'un immense rien. Et s'ils se faisaient tous arrêter ? S'ils avaient été suivis ? L'accouchement. Dans un camp. L'enfant qu'on lui retire. Le goût de la mort tente d'envahir sa bouche, de se poser sur sa langue, mais Bulle n'y croit pas. Elle joue à se faire peur. Elle est ridicule. C'est que le projet est tellement intimidant... Bulle arrête le mouvement de balancier, se lève et retourne dans la pièce d'à côté.

Des visages soulagés de voir enfin le terme de leur attente arrivé se tournent vers elle.

Celle-ci se racle la gorge, et rit un peu face à ces frimousses pointées vers elle, puis se met à trembler imperceptiblement, possédée par le syndrome de l'imposteur. Ainsi donc, l'heure a sonné de faire la démonstration de ses talents de leader charismatique.

« Bon. Vous voulez que je sois votre gourou, quoi. »

Personne ne réplique. Elle ne doit se contenter que de quelques sourires polis.

« Bon, bon, OK. »

Elle déglutit. Ça passe difficilement. La gorge est serrée. L'air s'engouffre mal. Elle baisse les yeux, pour qu'ils ne la trahissent pas. On tousse un peu dans l'assistance. On rappelle sa présence. Elle ne peut pas se dégonfler maintenant. Il faut qu'ils aient confiance. Il faut les convaincre. Elle prend une grande inspiration. Une gorgée d'eau.

« Alors voilà, Ernest doit sortir dans un peu de plus de huit semaines. »

Sa voix est celle d'un adolescent qui connaît les premiers couacs de la mue.

« C'est très long pour lui, c'est presque rien pour nous. On a beaucoup de travail. »

Enfin, elle se stabilise, et Bulle ose regarder ceux qui l'écoutent. Alors, les mots et les phrases jaillissent. Lentement d'abord puis plus empressés. Ils l'apaisent. En disant le refus, la résistance et le désir, ils l'apaisent. En créant un silence attentif autour d'eux, ils font entrer Bulle dans un jeu auquel elle se prend, éperdue, ivre d'un soudain sentiment de certitude, exaltée par le rôle qui d'un coup se fait jour, par le soulagement que lui procure cette suspension du doute.

« Et l'idée c'est qu'on le cueille à la sortie du camp et qu'on se casse quelques jours plus tard. Rester dans le coin, au milieu du n'importe quoi, n'est plus seulement glauque, ça devient dangereux. Les contrôles et la surveillance sont renforcés. C'est une tentative complètement naïve de maintenir le système en place, mais je pense que l'Histoire nous a enseigné qu'en situation critique, les mesures les plus délétères peuvent être prises dans la hâte, et les événements les plus atroces naître tranquillement. Et il se trouve que nous, on est typiquement ce qu'ils veulent abolir définitivement. On réfléchit, on va à contre-courant, et surtout on se donne les moyens. C'est insupportable. Je sais qu'à nous regarder comme ça, avec nos petites têtes d'ados attardés, on ne fait pas bien peur, mais dites-vous bien que pourtant on est leur bête noire, on est des mécréants. L'État déploie des robots partout parce qu'ils les savent incorruptibles. Ernest a dû être pris par des robots d'ailleurs parce qu'il a toujours 200 dol sur lui au cas où. 200 dol ça aurait fait l'affaire avec un homme. S'ils nous pincent, c'est pas trois mois qu'on prendra, c'est bien plus. Vous voyez, c'est très clair, ce qu'il s'est passé avec cette arrestation. Ce qui s'est passé, c'est un changement de cran. Ça fait un peu plus de deux ans que les makerspaces ont été interdits. Mais à ma connaissance, il y a eu très peu d'arrestations. Les espaces sont démantelés, éventuellement, mais quasiment personne n'a été jeté en prison. Ça va vite, je vous dis. Au début du siècle, c'était absolument légal, les makerspaces, tout le monde trouvait ça super d'ailleurs. Peu de personnes franchissaient leur seuil mais on trouvait ça cool, le faire, la récup, le non à l'obsolescence programmée. On faisait des articles, on criait à la nouvelle tendance. Peut-être que vous savez déjà tout ça, mais je tiens à mettre les choses en perspective pour vous convaincre qu'on doit se bouger le cul sévère, parce qu'avec l'arrestation d'Ernest, on a un bel échantillon de ce que la catatonie d'un peuple peut produire. On se prosterne devant la consommation, on dit amen aux décisions politiques les plus toxiques, on contribue à l'abêtissement général et puis un jour, on se fait arrêter parce qu'on a voulu aller faire un tour ailleurs, pour quitter un peu le bourbier que ça a donné. Donc c'est le moment. Il faut le saisir, c'est tout. La plupart des gens n'essaient même plus d'aller faire ne seraient-ce que trois pas ailleurs, nous on va aller y faire notre vie. Ça fait des décennies que les jeunes générations blâment les générations précédentes pour ce qui leur arrive. Au début du siècle, on accusait les baby boomers d'avoir pourri la planète, mais cette génération accusatrice a continué à consommer aveuglément, à se terrer dans l'ignorance pour vivre selon ses caprices, à dénigrer l'écologie si souvent jugée ringarde et rabat-joie voire rétrograde, au mépris des cris essoufflés de ceux qui voulaient endiguer le réchauffement climatique. Alors cette génération s'est vue reprocher sa conduite à son tour par la génération suivante. Elle n'avait pas su infléchir les pratiques des industriels en mobilisant son pouvoir de consommateur, elle avait continué de polluer, elle avait fait déborder les océans, se cabrer les éléments. Mais la génération qui lui reprochait cela a sombré dans le chaos des émeutes sans chercher à grossir les rang de ceux qui continuaient de penser qu'autre chose était possible, elle s'est laissé aller à la facilité exutoire de la violence, ou à faire l'autruche en attendant que ça passe, elle a régressé, laissé tomber dans l'oubli mille choses prometteuses, la puissance de l'open source, du peer-to-peer, des communs, de l'économie sociale et solidaire, des makers justement, dont vous n'êtes qu'une résurgence aberrante d'un point de vue statistique. Et elle est jugée par notre génération, bien entendu, qui voit en elle une masse de pauvres hères abrutis ou de couards consuméristes. Mais notre génération ne vaut guère mieux, violente elle aussi, ou indolente, ou accro plus que jamais à la consommation pour ceux qui en ont encore les moyens. On continue de creuser la tombe de l'humanité, d'édifier les conditions d'une vie minable. Alors vous me direz qu'à chaque nouvelle génération, la tâche de changer les choses est de plus en plus complexe, le contexte étant de plus en plus dégradé. C'est vrai, c'est vrai qu'il était bien plus simple d'entreprendre, ou de choisir en conscience ses comportements dans les années 2010. Nous sommes arrivés dans un monde effondré, la somme des emmerdes est inquantifiable. Alors oui, c'est plus dur aujourd'hui mais je propose quand même de casser le cycle de la plainte. Et de le faire avant que plus aucune marge de manœuvre ne soit possible. Depuis le début du siècle, celles-ci se réduisent. Mais on en a encore une. On peut encore partir et démontrer l'erreur. La plupart des gens sont des morts vivants, par ici, mais nous, on est encore là, on arrive à se motiver, à formuler des désirs, on a une responsabilité à ce titre. »

Bulle s'interrompt enfin, galvanisée par l'attention qu'on lui concède, qu'on veut bien offrir à son indignation et à son espérance. Son ego est revitalisé, sa foi restaurée. Et la suite coule de source. La gêne s'est retirée, ne laissant nulle écume. Chacun prend la parole à la suite de l'autre, les mots, les propositions, les apostrophes s'enchaînent, se chevauchent parfois, agités par l'excitation d'entreprendre, de faire quelque chose de grand, de prétendre à une réalisation puissante et de raconter sa petite histoire. Tristan fait visiter son potager. Le recueillement qui avait saisi Ernest et Bulle étreint les autres.

Mais bien vite, l'effervescence reprend.

Élise, rougeoyante, fait part de ses avancées sur ses cellules photovoltaïques organiques. Ethan, lui, bégaie qu'il compte poursuivre le travail entrepris par Ernest sur son éolienne à haut rendement et qu'il a bien avancé sur le prototype de sa pile de stockage, Ali, enfin est trop heureux de parler du podogénérateur d'énergie sur lequel il travaillait avec Ernest, une dalle de matériaux récupérés qui produit de l'énergie en quantité lorsqu'elle est piétinée. Vaniteux, il laisse Tristan et Alma penser qu'il est à l'origine de l'invention. Les autres membres de son auditoire savent qu'il s'est mis à travailler dessus en découvrant lors de recherches que le hall d'une gare parisienne avait été équipé de ces dalles en 2020. À la suite d'un attentat à la bombe perpétré en 2037, elles n'avaient pas été réinstallées et ce type d'innovations laissées pour compte, au profit du nucléaire, du gaz de schiste et de ce qui restait de pétrole.

Bulle laisse à Ali sa petite fiction intacte, et enjoint ensuite les makers à faire part de leur mode de fonctionnement. Ali se fait une joie de s'en charger. Si chacun se dédie à une tâche en particulier, l'entraide est constante. La philosophie qui soustend leurs actions repose sur la mutualisation des connaissances et la synergie des compétences. Joignant le geste à la parole, il présente l'interface de leur plate-forme. Bulle, qui connaît déjà fort bien les principes de l'open source part discrètement faire un somme au fond de la pièce. « L'open source permet une innovation absolument spectaculaire ! s'exclame Ali. Pas de propriété intellectuelle, pas de brevets, l'argent n'est pas le sujet. L'échelle de valeur se situe ailleurs. C'est l'impact qui compte, vous voyez ? Quand tu interviens sur un code pour améliorer un soft, pour le rendre plus performant, et que ça fonctionne, que tu fais vraiment la différence, alors t'es respecté. C'est ça qu'on cherche : avoir un impact. Après si tu te foires, tu te fais lyncher, hein. Mais bon, à vaincre sans péril...

« Vous voyez, ce but commun, ça libère une émulation, une créativité débordante. J'ai bossé sur une quantité de trucs pas croyables depuis que j'ai découvert ça. J'ai fabriqué des holos, des montres, je sais faire un écran avec des déchets. En trois ans, j'ai appris tout ça. Alors il faut être patient et creuser, parce que maintenant les plate-formes open source se planquent.

— Mais c'est clair, vous êtes complètement dans le vrai, les man. Moi, j'ai toujours pensé que les low-tech, c'était l'avenir.

— Ah, mais les low-tech portent mal leur nom, nous on parle d'éco-high-tech, intervient Ali avec orgueil.

— Et vous, Tristan et Alma, demande Élise d'une petite voix qu'on entend à peine après les exclamations d'Ali, vous avez dû apprendre comme ça, la permaculture, l'aquaponie... ?

— Ouais, man. Enfin, nan. Pour la permaculture, c'est mon daron qui m'a appris. En fait, les principes de la permaculture sont vieux comme le monde. En gros, ça consiste à comprendre comment fonctionnent les plantes. Les plantes, elles ont une forme d'intelligence. Y a eu des études qui ont montré comment en fait, elles se transmettent ce qu'elles ont appris de la vie, d'une génération à l'autre. Du coup, elles deviennent plus résistantes, elles s'adaptent aux conditions. C'est des petites badass, les plantes. Moi, j'arrose presque pas par exemple, man. Et elles ont un rendement de fou. Tout ça, c'est millénaire et on n'a pas fait mieux, mais bon, ça rapportait plus de fric de vendre des semences qu'on devait racheter chaque année et qui ne poussaient qu'avec tout un putain d'arsenal chimique. Là, inutile de vous dire que plus de transmission d'une génération à l'autre puisque les générations sont toutes jetées à la poubelle après une saison. La grosse baise. Ça a juste niqué définitivement les sols. Et ça nous a conduits aux végétaux de synthèse chelous qui font encore plus les beaux jours de la pétrochimie, du cancer et du réchauffement climatique. La cupidité rend tellement con, moi ça me fascine. Bref. Oui, la permaculture, je l'ai apprise par mon père. En revanche, j'ai creusé de mon côté pour voir comment l'adapter aux conditions un peu hard qu'on a ici : du hors-sol, pas de soleil... Là oui, Alma et moi on a bien creusé, comme vous, pour trouver les combines que des gens avaient laissées au fond de la Toile. »

Un court silence réveille Bulle en sursaut, coupable d'avoir cédé à l'appel du sommeil et délaissé son costume de leader charismatique.

« Oui, donc voilà, l'idée c'est que chacun aide tout le monde, et qu'on touche à tout, et...

— Tu t'es endormie Bulle ? demande Ali, un sourire en coin.

— Nan, je vous écoutais.

— Nan, tu t'es endormie.

— Un peu.

— Oh, le gourou de merde. »

Bulle sourit.

14.

« On va partir, maman. On va s'enfuir ensemble. »

Jeanne regarde enfin sa fille, mais elle est placide.

Retenue en Bourgogne depuis près d'un mois, Bulle a différé ses visites rituelles à sa mère. Elle mesure à présent combien cela a accéléré son déclin. Jeanne ne parle plus du tout. Et son regard est fuyant. Depuis une heure que Bulle est auprès d'elle, elle n'a pas prononcé un mot, ne produit qu'un crispant chantonnement poussé entre ses lèvres closes. Elle a refusé de s'intéresser aux photos que Bulle lui a mises sous le nez. Est-ce là la manifestation enfantine d'un reproche ? L'étrangeté qui habite son visage, ses gestes brusques, ses yeux volontiers révulsés indiquent que non. Et lorsque Bulle tente de la mettre debout pour faire quelques pas dans « la salle de promenade », le constat n'est que plus accablant. Les muscles semblent atrophiés, et le corps s'affaisse à peine les pieds au sol. Bulle rattrape maladroitement sa mère qui lui paraît plus fragile que jamais alors qu'elle s'écroule entre ses bras, anormalement légère, décharnée. L'envie de pleurer est indomptable, cette fois. Bulle recouche sa mère et se précipite dans les toilettes afin de libérer quelques larmes, qui ne sont font pas prier et déferlent pour s'écraser sur le carrelage blanc maculé de tâches organiques qui laissent présager un relâchement de l'activité des robots d'entretien, certainement en raison de son absence, ces derniers temps. Les algorithmes en charge de la gestion du centre ont dû conclure à l'abandon, enfin, de Jeanne Orsen, destin bien connu de beaucoup d'autres pensionnaires du centre, leurs proches se désintéressant un jour tout à fait de leur cas ou étant décédés.

Bulle sort, le visage parsemé de taches rouges.

« Maman, je te disais, on va partir ensemble, c'est pas une image. Tu vas quitter ce centre à la con. Les robots ne savent pas prendre soin de toi. T'es en prison, ici. Et ça sent la pisse. Tu te rends compte, maman ? Ça sent la pisse, dans ta chambre. C'est pas possible. Ça peut pas continuer. La bonne nouvelle, c'est que j'ai mis un truc en place, là. Un truc gigantesque. On part. Ernest, toi, moi, on part. On quitte la ville. Tu quittes le centre. »

Alors que Jeanne recevait ces quelques mots sans la moindre réaction notable, elle se tend en entendant la dernière phrase, contracte ses muscles, devient blanche et se met à hurler.

Bulle sursaute puis se précipite vers le visage pour y apposer des mains apaisantes, y prodiguer des caresses rassurantes. Mais rien n'y fait. Jeanne se contorsionne, secoue sa tête de droite à gauche. L'idée de sortir de sa réclusion la terrorise. Elle ne sait cependant prononcer aucun mot pour exprimer sa désapprobation. C'est un langage primitif qu'elle oppose à sa fille, sorti d'un gouffre d'angoisse.

Les râles et les convulsions cessent enfin au bout de deux minutes de caresses, et de rétropédalage.

Bulle s'adosse à son siège, épuisée mais toujours pas résignée. De toute façon, elle n'a pas d'autre choix que d'emmener sa mère, elle n'aura pas les moyens de payer ce si lent suicide.

« Je t'aime tant, maman. Tu m'épuises, mais je t'aime tellement. Écoute-moi un peu. La vie que je te propose n'a rien à voir avec ce que tu as connu. On ira dans la montagne. On ira dans un territoire vierge, où il n'y a pas d'émeutes, de milice et d'agress... »

Les convulsions et les râles reprennent.

« Mais arrête ! Ça n'aura rien à voir je te dis ! Il s'agirait de fuir tout ça. » Tout bas, elle poursuit. « Tu comprends, c'est une fuite que je te propose, un exil. On part en compagnie de gens avec lesquels on va construire de quoi vivre dignement, on aura de la nourriture, de la vraie, comme quand tu étais jeune, et de l'électricité qu'on produira, nous, on sera indépendants, on sera loin du n'importe quoi. »

Jeanne ne crie pas, mais son cou emmène son visage loin de sa fille, et ses yeux montent se réfugier derrière ses paupières, semblent vouloir discréditer le réalisme des propos entendus.

Mais y a-t-il seulement une intention ?

Bulle soupire. Puis dit seulement : « Je te laisserai pas crever ici, maman. »

15.

« Mais t'es c-c-c-conne ou quoi ? »

Élise se redresse sur sa chaise, piquée au vif, et pourtant dépourvue de repartie. Elle vire au violet.

« Oh, tu lui parles pas comme ça, Ethan ! lance Ali d'un ton paternel.

— Ça va, Ali, je peux me défendre toute seule.

— Mais c'-c'-c'est exaspérant d-d-d'entendre des c-c-conneries pareilles. Qu'est-ce que ça change ? Qu'est-ce que ça p-p-peut te foutre putain ?

— Mais tout, ça change tout. L'écologie, c'est une démarche totale. Et se faire hacker le corps, la tête, les yeux, s'arracher les bras pour en mettre d'autres, ça bouffe les ressources qu'on a presque plus. Et donc, c'est abusé. Très. C'est tout. »

Une fine couche de sueur recouvre le visage d'Ethan, brûlant de rage. Il voudrait brandir l'un de ses super-bras justement et saisir Élise à la gorge pour la faire taire, enfin. Pour qu'elle cesse de l'accabler. L'humiliation agite le sang dans ses veines.

« Mais tu sais très bien en plus, ce que je raconte, Ethan. Je sais pas pourquoi tu veux pas admettre, pourquoi tu serres les dents. Bon c'est fait, c'est fait. Mais je comprends pas pourquoi tu continues de dire "c'était cool de se hacker la gueule" comme ça. Tu as cru que t'en avais besoin. Tu t'es fait baiser par la pub. Ben ça arrive. Mais tu pourrais reconn...

— Mais ta gueule ! Ta gueule ! Ta gueule putain !

— Ben c'est juste qu'il faut être cohérent.

— Mais je suis cohérent ! J'ai j-j-jamais c-c-c-c-consommé de merdes chimiques, je p-p-p-porte les mêmes fringues depuis des années, je f-f-fais que de la récup' quand je fabrique. Depuis t-t-toujours ! Lâche-moi, bordel !

— Je te lâche si tu veux, Ethan. Juste reconnais que si tout le monde faisait ça, ben on n'aurait plus de quoi construire quoi que ce soit en deux semaines, voilà, c'est tout.

— Tu me fais chier, Élise.

— Oh mais arrêtez là, les man. C'est bon quoi. Respirez. Vous êtes prise de tête. C'est pas un concours de vertus.

— Ah ben toi, c'est sûr que c'est pas la passion qui t'empêche de dormir. On se demande ce qui te motive d'ailleurs », tacle Ali.

Pour toute réponse, Tristan pousse un soupir vaguement dédaigneux.

« Hey, t'es chez nous là, Ali, donc tu te détends.

— On est dans le même bateau Alma, OK ? On doit pouvoir se dire ce qu'on pense. Moi je trouve que Tristan, à jamais rien trouver vraiment grave, ou vraiment digne de débat, il est saoulant, qu'on soit chez vous ou pas. Et puis tes "man" à tout bout de champ, c'est pas possible, mec. Ta tentative de passer pour un vieux sage rasta, c'est fatiguant, mon gars. T'es un putain de poseur... Tu me réponds rien ?

— Ben qu'est-ce que tu veux que je te dise, man ?

— OK, c'est un cauchemar ici. Et, Alma, on n'est pas chez vous pour se faire masser et divertir hein, on est chez vous, entassés comme des rats, pour monter un projet commun. Et puis on est chez vous, mais qui est-ce qui vous rapporte tous les plans récup' pour qu'on ait du matos et qu'on puisse bosser ? Hein ?

— Hey, mais tu crois que ça nous fait kiffer, de voir notre baraque, qu'on a construite de nos mains, envahie comme ça ? De plus avoir d'intimité, d'espace vital ? Viens pas me chercher là-dessus, Ali, s'emporte Tristan.

— *Wow, we woke the beast.*

— T'es un peu un c-c-c-connard, Ali.

— Ben je t'emmerde, Ethan. Ça va pas ou quoi ? D'où tu me parles comme ça ? »

Tristan se lève, haut de son mètre quatre-vingt-dix-huit, et une onde étrange parcourt la pièce.

« Arrête, Ali.

— Quoi ? Qu'est-ce que t'as à faire le chaud là ?

— Je fais pas le chaud, j'ai des fourmis, man, ment Tristan. Tes petits coups de pression de mâle alpha ridicule me foutent des fourmis. Alors je me lève. Mais arrête tes “d’où tu me parles comme ça ?” de gangster, là. Tu nous gaves à vouloir imposer tes vues, ton charisme en polystyrène. On est dans le même bateau, tu viens de le dire, donc arrête de tout le temps vouloir être le dominant, celui qui sait, celui qui dit. C’est lourd. T’es lourd, man. »

Ali se lève à son tour. Les deux hommes se retrouvent face-à-face dans une proximité assez comique. Tout deux se rasseyent en jurant dans leur barbe.

« Bon, temps mort, les gars, intervient Bulle. C’était très sympa votre petite démonstration de virilité. Je crois que je peux dire au nom des femmes ici présentes qu’on est hyper-excitées et admiratives, mais on peut pas se chamailler tout le temps comme ça. C’est normal, la promiscuité, c’est compliqué, et on travaille beaucoup, on a un planning ch...

— Bulle, prends le bâton de parole.

Bulle regarde Alma, interdite.

— Sérieux, prends le bâton de parole, c’est important.

— Mais tu me fais chier avec ton bâton de parole. Ça fait un quart d’heure que ça se crêpe le chignon comme des gosses et que je dis rien, que je me concentre sur mon travail. Et à peine je l’ouvre pour que vous arrêtiez vos débileries que je dois me cogner ton putain de bâton de parole ! Mais je ne saurais trop te recommander de te le foutre au cul, ton bâton, ma grande. C’est pas vrai, ça ! Bon, salut les nazes, moi je vais faire un tour en enfer. »

Joignant le geste à la parole, elle gravit quatre à quatre les marches de l'escalier en colimaçon.

Un court silence suit la bourrasque.

Tristan l'écarte d'une voix basse :

« C'est vrai que c'est un peu chiant, ton bâton de parole... mon amour. »

Alma absorbe sa vexation et se penche à nouveau sur la carcasse de la pile de stockage. Chacun l'imite, se remettant à l'ouvrage.

Lorsque Bulle revient, pas tout à fait calmée de ce que lui inspirent les difficultés de cette vie sous terre, une tranquillité besogneuse est revenue dans la pièce.

16.

Les sirènes de police refusent de se taire ne seraient-ce que quelques minutes, ce soir.

Bulle a dû quitter l'effervescence du collectif souterrain pour les palpitations malades de la ville. Elle devait passer sa première échographie. Événement dont l'approche générait une bousculade de sentiments ambivalents, qui la ballottaient entre la joie et l'angoisse de ce face-à-face avec ce petit être qu'elle avait pris la responsabilité d'enfanter.

Elle ne peut cependant nier son soulagement de quitter la maison sous terre pour quelques jours. La promiscuité des corps, la confrontation des egos rendaient le quotidien électrique. Et le soulagement a un goût amer. Car il amène dans son sillage une cohorte de questions quant à ce que sera la vie là-haut, dans ce village autosuffisant, qui repose entièrement sur la collaboration et l'entente de personnes qui peinent à passer plus de douze heures sans s'invectiver. Au-delà de l'utopie technologique et écologique, ce qu'ils s'apprêtent à vivre est bien une expérience sociale, pour ne pas dire une épreuve. Pour commencer, ils seront une douzaine. Certains des amis de Tristan et Alma qui les ont aidés à construire leur maison étaient partants pour les rejoindre là-haut. Il va falloir composer avec ces inconnus et surtout dépasser l'instinct de domination qui semble si caractéristique de l'être humain. Il va falloir tasser les egos au profit du bien commun.

Enfin de retour dans sa ville, elle n'est pas très au clair avec ce qu'elle ressent. Elle est optimiste et pessimiste, enthousiaste et dépitée. Elle est exténuée en tout cas et la solitude accentue le tourbillon émotionnel dans lequel elle nage avec plus ou moins de style depuis bientôt trois mois.

Le manque d'Ernest ne s'amoindrit pas avec le temps ou l'action, il grandit. Les cauchemars dans lesquels il souffre font des nuits de Bulle un calvaire. Elle a tenté de soudoyer à nouveau Vernan, mais il n'a toujours rien voulu entendre. Il était juste heureux d'accueillir sa détresse, et de rejeter sa requête. Il a glissé quelques mots affreux sur les conditions de détention. Et pour 500 dollars, il a accepté de faire passer un carnet, à condition qu'il soit vierge. Et pas d'encre invisible ou de fantaisies, il serait inspecté et immédiatement jeté en cas d'inscription, avait-il précisé. Elle a accepté l'extorsion et ne s'est pas attardée, a coupé la visio. Elle voudrait tant dire au moins à Ernest qu'elle a gardé leur enfant. Elle sait le bien que lui ferait cette nouvelle, l'élan que celle-ci lui donnerait pour affronter la vie dans le camp. Chaque jour qui passe consiste à accepter son impuissance, et à se montrer forte et entreprenante sur d'autres fronts pour que l'attente ne soit pas vaine, pour cueillir Ernest à sa libération avec une nouvelle vie. Chaque jour qui passe est une lutte acharnée. Mais Bulle se découvre des ressources insoupçonnées. Et elle tient.

Oh, putains de sirènes ! Quelque chose de grave a dû arriver mais elle résiste aux projections de l'holo, qu'il est impossible d'éteindre. Et elle ignore ce qui se passe. Parce qu'en l'occurrence, le savoir ne changerait rien, ou si, cela ajouterait de l'angoisse à l'angoisse. Ne pas savoir n'en est pas moins un sentiment déroutant, devenu contre-nature. Car si l'on ignore à peu près tout de ce qui se trame pour que le monde soit comme il est, le « secret des affaires » étant un inflexible souverain, l'humain connecté est en revanche toujours informé quelques secondes après qu'un drame a eu lieu.

Le spectacle n'attend pas.

L'« actualité » tient le peuple connecté en laisse. On ne lui offre pas une seconde de répit et ce dernier en redemande, toujours, sous l'empire d'une addiction. On clique, on se repaît de l'horreur, on se paye des frissons qui laissent sans voix et sans volonté, qui n'autorisent que l'émotion ou l'effroi. Pas d'analyse, jamais. Mais des flashs, des alertes, des urgences, tout un tas d'injonctions qui obligent l'attention et détournent la réflexion.

Vendre l'apocalypse, plutôt que penser la renaissance.

Tourner le dos à l'holo demande de grands efforts à Bulle qui, si elle est critique vis-à-vis du traitement de l'information qu'elle s'est vu subir pendant des années et dont elle a été le honteux serviteur, n'en demeure pas moins un être conditionné qui supporte mal de se tenir à l'écart de ces données stériles. Mais elle ne craque pas, et demeure allongée sur son lit, incapable de s'endormir, ou de s'apaiser. Seule l'action lui offre un peu de répit.

Avant, Bulle était une cynique révoltée, une hypersensible anesthésiée, aussi. Avant, le monde la révulsait mais ne lui faisait pas peur. Sa grande crainte était de perdre Ernest. Pour le reste, elle s'offrait le luxe d'être fataliste, elle pourrait bien mourir sous les balles, dans une explosion ou une baston. Ce luxe, elle l'a perdu en décidant de garder son enfant. Il n'est plus question qu'elle meure, ça n'est plus une option. Il n'est plus non plus question d'accepter le monde tel qu'il est, il est devenu impératif d'embrasser un changement. Et si c'était très beau de le déclarer la main sur le cœur ou dans des posts de blogs, se montrer à la hauteur de cette intention, chaque jour qui passe, est une autre paire de manches. Le luxe du fatalisme la protégeait de l'intoxication de l'inquiétude, cette intoxication qu'elle subit depuis qu'une projection holographique lui a appris sa grossesse et qui s'est atrocement accrue il y a une heure. Parce qu'il y a une heure, Bulle a senti le petit fœtus bouger en elle pour la première fois.

Pas certaine tout d'abord de ce qui venait de se passer, elle s'est allongée. Et un nouveau petit coup a été donné, minuscule. Cette délicatesse, ce chatouillement de l'amour au fond, là où elle n'avait encore jamais rien senti, dans un lieu de son corps qui pour elle n'était pas, avant le petit coup. Ce petit coup l'a bouleversée. Ainsi donc, l'enfant existait. La petite fille.

À l'annonce du sexe du bébé, Bulle s'est effondrée. Une petite fille dans ce monde de brutes en rut... Bulle n'a jamais perçu sa condition de femme comme un handicap ou une faiblesse, mais le quotidien lui a trop souvent démontré qu'elle était une cible supposée fragile et prisée de pas mal de petites merdes humaines. Elle s'est battue, musclée, pour tâcher de ne jamais devenir une victime. Chaque jour, elle a fortifié son corps, fait des pompes, des squats, a pratiqué les coups de self-défense appris dès le plus jeune âge. Et à vrai dire, elle aime être une femme. Mais sa qualité nouvelle de mère ne lui laisse en tête que la terreur de savoir sa fille au prise avec ce monde-là qui a fait du viol une arme de guerre, du corps de la femme un défouloir.

Pourquoi fait-on des enfants ? N'est-ce pas de l'égoïsme forcené par les temps qui courent ? Leur projet n'a-t-il pas été échafaudé dans le seul but de se donner bonne conscience pour s'autoriser à garder l'enfant, cédant à une pulsion qui n'a plus sa place dans le réel ? Bulle se retourne, se recroqueville sur l'autre flanc, voudrait que le mouvement atomise l'odieuse question, celle qui lui fait toucher le fond. Oh elle la connaît, et elle connaît le fond, toujours elle en revient, il n'en reste pas moins douloureux d'y poser ses fesses.

Non, ce plan ne peut pas être un prétexte. Il doit aboutir, parce que sa fille n'ira pas dans une crèche où l'on colle les enfants du matin au soir devant des écrans pour économiser du personnel, ni dans des écoles où règnent déjà la violence et l'illettrisme, ne grandira pas entre les pubs, les gangs, la police et les terroristes. Ses parents vont lui proposer autre chose et à son tour, elle proposera autre chose jusqu'à ce que ce monde comprenne l'intérêt qu'il y a à changer de paradigme.

Voilà, de nouveau l'exaltation !

Trêve d'excès. À l'issue de son échographie et des tests qu'elle a subis, son état a été jugé « légèrement préoccupant ». C'est-à-dire qu'il ne l'était pas au point qu'elle ait l'honneur de rencontrer un médecin humain mais que son compte rendu stipulait qu'elle devait s'astreindre à un repos drastique pendant au moins trente-six heures, sa tension étant beaucoup trop élevée. Il était donc impératif qu'elle trouve en elle les ressources pour rester calme pendant ces deux jours qu'elle devrait passer seule chez elle. Elle serait une mère stable, solide et rassurante.

Les sirènes hurlent moins.

17.

Bulle ne peut pas partir sans tendre une ultime main à son petit frère. De cette décision naît sa présence, en ce soir moite de février, au sommet d'un parking désaffecté. Bulle n'est pas ravie de l'ambiance. Elle savait bien que celle-ci n'aurait rien de festif, et d'ordinaire, elle ne craint pas les lieux abandonnés dans lesquels elle retrouve son frère trois, quatre fois par décennie, mais ce soir, ses sens sont en ébullition et lui hurlent le danger. Un emballage plastique qui glisse sur le béton rugueux, un cri au loin, une porte qui claque quelque part en bas, et c'est tout son corps qui s'embrase. Un crissement de pneu quelques étages en dessous lui fait se demander si son frère vaut bien la peine de cette attente anxiogène. Il faut toujours se cogner des zones de non-droit pour apercevoir cet imbécile fiché jusqu'au cou.

Qu'est-ce qu'il fout, ce con ?

Bulle consulte son holordi, par réflexe, pour la dixième fois. Pas de message de lui. Non mais elle ne peut pas partir sans lui. Elle ne reviendra peut-être jamais par ici, il fallait au moins lui dire au revoir. Bulle penche la tête en arrière pour se détendre le cou. Et découvre le ciel. Un ciel nu, sans nuage. En cette fin d'après-midi, l'épaisse pollution n'a pas eu tout à fait raison de l'éclat du crépuscule. Une douceur rose survit et se répand. Jeanne lui avait dit souvent la beauté des soirs d'été, la lumière qui décline, le rouge diffus qui se cache dans les nuages et s'étire dans leurs souvenirs. Bulle buvait les paroles, et jalousait. Car jamais elle n'avait pu contempler ce spectacle. Parce que ces soirs-là n'existaient plus, ils étaient obstrués. Le « secret des affaires » les avait étouffés. En attraper un morceau de résurgence, par hasard, dans une tour de parking désaffectée, atomise l'angoisse et l'impatience.

« Yo sista ! »

Bulle sursaute.

Théophile est moins défoncé que la dernière fois. Il a le pas alerte. Il fait toujours dix ans de plus que son âge mais enfin, il est vif. Il s'assied au sol devant Bulle sans plus de cérémonie.

Elle l'imite. Échauffé par l'ascension à pied des étages, suffoqué par l'air chargé qu'il respire sans masque, il ouvre la fermeture Éclair de son blouson, dévoilant un T-shirt blanc maculé de sang.

« Putain, Théo, c'est quoi ça ?

— Hein ? Ah. Non, rien, laisse, rétorque-t-il en refermant son blouson.

— Comment ça rien ? C'est ton sang ?

— Haha ! Ben, je serais pas en forme comme ça. Nan, t'inquiète.

— Mais comment ça, t'inquiète ? D'où tu viens là ? Qu'est-ce que t'as fait encore ?

— Mais rien, t'occupe. »

Une boule s'est logée dans la gorge de Bulle, elle ne parle plus.

« Bon ça va ou quoi ? Quoi de neuf la sista ?

— ...

— Putain, l'ambiance.

— Peut-être que je n'aurais pas dû venir. J'avais pas mal de trucs à t'annoncer. Un gros truc à te proposer, aussi. Mais je ne sais pas si c'est une bonne idée. Si j'ai envie d'embarquer un petit enculé qui tabasse des gens pour rien. Parce que c'est ça, ce sang, non ? C'est le sang d'un type qui t'avait rien demandé ?

— Haha, tu veux m'embarquer ? C'est gentil ça. T'espères toujours sauver mon âme, c'est ça ? Mais redescends, ma grande, mon âme elle est entre de bonnes mains tu vois. Moi j'ai Oxo dans ma vie, je suis pas un paumé, j'ai un but.

— Tu peux me parler du but que tu poursuis avec cet imbécile qui a un nom de lessive ? »

Traversé d'un éclair, Théo lève un poing tremblant. Bulle esquisse un mouvement de recul qui suffit à le lui faire baisser. Le visage fermé et la mâchoire serrée cependant, il vocifère :

« Putain Bulle, tu parles pas comme ça ! Tu parles pas mal d'Oxo OK ? Oxo c'est notre guide OK ? Si tu fais partie des perdus qui l'ont pas encore compris, tant pis, tu crèveras du Krach Suprême. Oxo, il nous sauve du Krach Suprême, OK ? Alors fais pas ta putain de maligne. Nous, les gens qu'on tabasse c'est des serviteurs du Krach Suprême, OK ? Nous on est les anges, OK ? Ceux qu'ont compris ça, c'est des anges. Moi je suis un ange, OK ? Ma violence, c'est la violence de l'Ange. La violence de l'Ange. Tout le reste, c'est de la merde. Nous, pendant que vous continuerez de crever en bas, on ira sur Oxonova. OXONOVA putain ! Tu comprends ? Et c'est bientôt qu'on va partir. Tu comprends ça, pauvre bouffonne ? »

Oxonova est la planète supposée accueillir Oxo et ses petits soldats de polystyrène quand le « Krach Suprême » embrasera la terre.

Bulle passe un main consternée sur son visage.

« T'es sérieux là ? souffle-t-elle d'un air las.

— Un peu que je suis sérieux. Oxo, c'est la meilleure chose qui m'est arrivé. Je suis devenu qui j'étais grâce à lui.

— Hmm hmm. Qui me soit arrivé.

— Putain, tu te fous encore de ma gueule, là ? Mais tu comprends rien, ma pauvre. Tu comprends rien. Tu comprends rien. Tu comprends r...

— Bon Théo, je vais partir.

— Ouais ben casse-toi.

— Je vais partir loin. Je voudrais construire autre chose ailleurs. Y a rien à tirer de ce qui se passe ici. Il faut inventer autre chose. Bâtir. Et c'est pas Oxo qui va s'y coller. On va partir avec Ernest, et...

— Ah, il est sorti de taule, lui ?

— Comment tu sais qu'il était en prison ?

— Haha !

— Quoi, haha ?

— Ben c'est moi qui l'a envoyé là-bas, donc je sais. Je pensais qu'il prendrait plus, tiens. C'est pas beaucoup, ça fait quoi, deux mois ? »

Bulle n'entend plus. Un acouphène lui attaque les oreilles. Son frère continue de parler. Il sourit. Il rit, même. Insouciant, content de lui, il poursuit ses odieux aveux sans même y penser.

Bulle bondit et l'attrape au col. Pris par surprise, Théophile tombe à la renverse.

« Tu l'as balancé, espèce de petite merde ?

— Oh, oh, tu te calmes. Ça va, c'est pas la mort, ça arrive à plein de gens. »

Penchée au-dessus de son frère, les yeux brûlants de larmes, elle écume, elle questionne les dents serrées : Mais pourquoi ? Pour quoi ? Comment il a pu lui faire ça ? À lui ? À elle ? À eux ? Alors qu'Ernest a toujours été réglo avec lui, il l'a aidé, quelques jours avant, il le laissait s'installer au bureau !

« Oui, bon ben calme-toi, ça va, j'allais retourner au trou, j'ai tenté le coup, j'ai dit le truc de making machin, ça m'a évité d'y retourner. Lui il y était jamais allé, bon, ben ça lui apprend un peu. C'est...

— Ta gueule ! hurle Bulle. Tu te tais ! Tu ne dis plus un putain de mot ! »

Bulle lâche sa prise, repousse son frère avec dégoût. Debout, elle le toise, incrédule, ses jambes sont de plomb. Hébétée, elle regarde ce qu'elle tient à la main. Elle lui avait apporté un masque filtrant. Elle le lui jette mollement.

Et s'éloigne. Elle s'est encore emportée, a encore succombé aux effets d'une adrénaline mauvaise. Mais elle parvient à calmer les battements de son cœur. Elle pose une main réconfortante sur son ventre. Puis elle parle à l'enfant. Elle descend précautionneusement les étages. Elle explique. Elle ne ment pas. Elle s'apaise. Elle renifle, essuie une larme, accélère un peu la descente, pour s'éloigner plus vite.

18.

Dans le train qui la conduit enfin à Toucy, Bulle se réjouit de reprendre part à l'effort collectif, est prête à faire face aux querelles, les trouve même un peu amusantes avec du recul, dérisoires en tout cas, songe aux questions qu'il va falloir soulever pour bien apprécier l'avancée du chantier. Elle les a notées la veille. Arrivée à la gare, elle s'arme d'endurance. Le chemin va être long jusqu'à la maison.

Un couple passe devant elle. La trentaine. Des Intégrés. Elle les suit du regard, écrasée par l'absence d'Ernest. La femme attrape doucement le bras de son compagnon. Son cœur se serre un peu. Ils ont l'air amoureux. De dos, ils ont l'air amoureux. C'est beau. Rare aussi. Bulle se réjouit qu'ils ne soient pas dotés de roues. Cela lui donne la possibilité de les suivre au moins jusqu'à la sortie de la gare. Elle accélère, veut voir leurs visages. Elle n'a pas le temps de les atteindre qu'un jeune homme bondit vers eux. L'œil sombre, et le corps tendu de rage, il invective l'homme du couple : « Salut. »

L'homme ignore le salut bestial, sur ses gardes.

Son assaillant allonge deux bras hargneux et le pousse de toutes ses forces. « Salut, enculé ! » L'homme tangue mais ne trébuche pas. Trois jeunes types rejoignent son agresseur. Excités, ils font des petits bonds autour du couple, tous prêts à en découdre, attendant, impatients, que leur victime esquisse son premier geste de bagarre. L'un d'eux arrache le masque respiratoire de la fille. Un élan pousse Bulle à intervenir. Elle le refoule et cherche sur le parvis la présence d'un « gardien de la paix », expression qui n'a jamais manqué de la faire sourire tant la paix est relative. Elle l'aperçoit et se précipite vers un garde armé, un robot, comme l'indique sa taille.

À quelques mètres de là, l'homme du couple convoque douloureusement des trésors de sagesse pour ne pas riposter. Rouge de haine, il encaisse les humiliations, tâche de poursuivre son chemin sous les torrents d'insultes et les bousculades que lui infligent le jeune type et ses trois acolytes. Riposter serait donner satisfaction aux quatre désœuvrés, ouvrir la porte à la surenchère de violence, cela serait mettre sa compagne en danger, qui elle aussi contient difficilement la haine que font affluer les soldats de la connerie. Alors les deux se taisent et l'homme accuse le piétinement insupportable de sa virilité devant sa compagne. Entre ses lèvres, celle-ci chuchote : « Tu fais bien, ne réponds pas, ne réponds rien ». Mais la rage est telle que des larmes se fraient un chemin à l'orée des paupières de l'agressé.

« Ah la baltringue, mais j'hallucine. Vous avez vu ce gros puceau-là ? Hein ? Il répond pas, il chiale, le mec. Petite bite. T'aimes ça, toi, sucer une si petite bite ? Ça te fait mouiller un puceau comme ça ? ajoute-t-il, s'adressant à la femme tout en attrapant fermement son compagnon par les cheveux, dont la tête se trouve tirée vers l'arrière.

— Tu mérites mieux que ça, chérie. »

En disant cela, l'un des acolytes s'approche de la jeune femme, colle son bassin contre elle, l'amène à lui d'un bras autoritaire.

L'agressé n'y tient plus et se débat, écumant soudainement. Il frappe transi par un désir de destruction absolue. Celui qui le tenait par les cheveux lâche sa prise, trop content de trouver enfin du répondant. Avec délices, il encaisse un coup qui fait exploser sa lèvre inférieure sur ses dents, tandis que ses complices s'en donnent à cœur joie. Le corps de la victime se courbe au niveau des reins, son torse semble se disloquer vers l'arrière puis revient vers l'avant pour s'écraser au sol. Sans délai, les coups de pied pleuvent, s'enfoncent dans l'abdomen, meurtrissent les côtes, les agresseurs sont indifférents aux supplications hurlantes de la femme de l'homme qu'on broie. Bulle arrive en courant, accompagnée du robot.

Le robot approche de la scène, marque un temps d'arrêt imperceptible afin de l'analyser, et attrape les assaillants d'une main de fer qui les propulse sans difficulté loin du couple. Puis il les arrose d'un spray asphyxiant qui remplit sa mission efficacement. Les quatre agresseurs suffoquent en se tordant au sol.

Le visage tuméfié par la fureur, l'homme se relève lentement, aidé de sa compagne. C'est la troisième fois que son corps est roué de coups, comme ça, pour rien.

La femme reprend le bras de l'homme. À pas cassés, ils s'éloignent de leur agression.

Bulle aussi.

Trois heures de marche lente et concentrée n'ont pas suffi à la détendre. Le sourire d'Élise lorsqu'elle lui ouvre la porte, si.

Bulle ôte son masque et face à son visage rayonnant, respire enfin.

« Mais pourquoi tu nous as pas appelés ? Je serais venue te chercher avec joie moi !

— Je crains les contrôles.

— Mais arrête. Oh, t'es pas raisonnable, une marche pareille, dans ton état. Ça va ? T'es bien rouge. T'as eu chaud. Attends, on va te chercher de l'eau. Oh je suis heureuse de te revoir. On aimait pas trop te savoir là-bas toute seule. Attends, viens, descends doucement, pose ta main sur mon épaule. »

Bulle boit son verre d'eau d'une traite face à la petite troupe qu'elle retrouve avec une joie inattendue.

On s'enquiert. Alors l'écho ? Elle raconte. La petite fille, l'émotion, la peur mêlée de bonheur. La main d'Élise se risque à s'aventurer jusqu'à elle, timide et amicale. Et Bulle prend des nouvelles. Les choses avancent bien. Ils auront ce qu'il faut pour la sortie d'Ernest. Ethan s'est fendu d'un sourire mais ne desserre pas les lèvres, prostré sur une carte mère à laquelle il ajoute des composants dans un coin de la pièce. Du regard, Bulle interroge Ali. Celui-ci balaie la question d'un geste méprisant, puis se remet à la table commune, derrière la projection de son holo.

Et doucement, chacun reprend sa tâche, seul ou en groupe, tandis que s'impose, malgré les tensions, malgré les agacements, une harmonie dont Bulle n'avait jamais fait l'expérience et qu'elle prend le temps d'observer. Elle mesure pour la première fois les vertus des liens sociaux tombés en désuétude au-dehors, de la camaraderie, du projet commun qui fait naître l'émulation.

Les résidents de la maison ont commencé à manger de vrais aliments, sous le contrôle de Tristan et Alma qui souhaitent prévenir les difficultés digestives. Malgré leurs précautions, aux larmes d'émotion d'un premier plat de lentilles et de tomates pris en commun ont suivi d'intenses diarrhées. Aussi ont été établies des règles strictes de prises alimentaires.

Élise les contourne cependant et vient proposer à voix basse à Bulle de partager quelques fraises avec elle. Étonnée de cette initiative qui sans doute secoue la timidité d'Élise, elle suit cette dernière jusqu'au potager, de l'autre côté de la porte.

Dans le silence ouaté du potager, elles cueillent deux fraises chacune.

« Ça va ? demande Bulle un peu gênée, aussi peu habituée qu'Élise aux tête-à-tête amicaux.

— Oui. Ça va bien. »

Ces mots colorent les joues d'Élise et la font sourire comme une enfant.

« Haha, qu'est-ce que tu me fais là, Élise ? T'as fait une bêtise, tu veux te confesser, c'est ça ? »

Élise sourit, rouge toujours, ne répond pas tout de suite, relève enfin des yeux brillants.

« Je suis avec Ali.

— Hein ?

— Je suis avec Ali. On... Enfin c'est tôt, bien sûr. Mais je crois qu'on a envie d'être ensemble.

— Mais c'est génial ça ! Je ne le soupçonnais pas du tout.

— On avait couché ensemble quelques fois, au bureau, parce qu'on était seuls, on en avait eu envie, bon. Mais il s'est passé quelque chose ici. Depuis le début, on s'est rapprochés différemment. C'est fou. C'est comme une autre dimension. »

Bulle butine du regard le visage transfiguré d'Élise, ces yeux pétillants, cette bouche soudainement si volubile.

« Ça me rend heureuse ce que tu dis.

— Je sais que toi tu connais le couple. Mais tu sais que c'est super rare. Et même : se rencontrer en ligne, et puis parfois, poursuivre le truc dans un bar à ox où on n'a rien à se dire, où on sait très bien l'idée et qu'on se reverra pas, où on est un peu blasés, ou dans une boîte souterraine sur de la musique pourrie... Même ça, moi, j'y avais jamais eu accès. Alors je pensais jamais que ça m'arriverait... une relation. Je croyais que j'étais juste pas programmée pour ça. Je reviens de loin, tu sais. J'ai grandi toute seule dans la rue. Ma mère, elle est morte quand j'avais trois ans. Ou quatre. Je sais plus. J'ai parlé tard. J'ai parlé hyper tard. Genre vers huit ans. Avant je disais pas un mot. Même à moi. Incapable. Tu le dis pas, hein ? Aux autres, tu le dis pas. Ça venait pas. Je sais pas. C'était coincé. J'étais bizarre. Je le savais ça, que j'étais bizarre comme gamine. Je crois que j'avais un surnom. Y avait des gens, ils disaient "la petite folle" quand je les croisais. Je sais pas. Je savais pas faire. Parler aux gens. Je savais pas. Je fuyais tout le temps. La frousse peut-être. Tout le temps, je fuyais. Tout le temps, je rasais les murs, j'allais hyper vite. Comme un cafard. C'est dur la vie au bidonville, tu sais. Surtout quand tu grandis tout seul. Au milieu. Ils sont pas méchants, les gens. Je crois pas. Pas tous. Mais ils sont à cran. Et ils prennent des trucs. Et ça les rend fous. Y avait tout le temps des bastons, des meurtres. Tout le temps. Y avait aussi des gens tranquilles, parfois, qui traînaient ensemble. J'en voyais. Je dis pas que tout le temps, les gens ils se tuaient. Mais je savais pas leur parler, aux gens tranquilles. Même eux, ils me faisaient flipper. Alors moi, tu vois, l'affection, tout ça... J'y connaissais rien. Même quand j'ai découvert le bureau, et que je me suis incrustée. Même quand j'ai commencé à baiser de temps en temps avec Ali. Je savais pas qu'il pourrait être dans un truc comme ça avec moi. J'imaginais pas ce que c'était. Cette connexion, ce truc entre deux personnes. Avec moi. "La folle." Haha, il a tiré le gros lot. Enfin, c'est bien. Ça fait du bien. »

Élise se tait un peu, les yeux dans le vague. Bulle découvre qu'elle est une femme. Elle n'est plus Élise, la petite discrète, ou gouailleuse quand elle l'ouvre. La fille abîmée. Elle voit ce qui a séduit Ali. Cette intelligence brute et sensible, cette force immense dans un corps si fragile, ces pommettes hautes serties de taches de rousseur, ces grands yeux noirs, ce nez volontaire, et cette bouche dont elle n'avait jamais perçu la sensualité, qui en cet instant pourtant la subjugue un peu, petite et délicate, dessinant naturellement une espèce de sourire énigmatique, même alors que le visage est grave. Élise la tord d'un coup, puis se racle la gorge.

« Je crois que j'essaie de te dire merci. Parce que c'est à cause de tout le projet, de tout ça qu'on s'est rapprochés. On s'était pas vus, avant. Tu re-veux une fraise ? »

Bulle lui sourit. Et prend la fraise.

Un matin, alors que Bulle suit le travail de la découpeuse laser qui avance sur la carcasse de la pile de stockage que des efforts collectifs et acharnés ont fait naître, une vibration à son poignet l'incite à le retourner pour allumer la projection. L'holo vibre pourtant pour ainsi dire quasiment sans discontinuer sous l'afflux de mille sollicitations publicitaires, mais pour une raison qu'elle ignore elle-même, Bulle décide de considérer cette vibration-ci.

Un index qui se pose furtivement sur le petit boîtier, et la projection tant désirée.

Ce message qu'elle a fantasmé, espéré, qu'elle n'en pouvait plus d'attendre, ce message est là, devant ses yeux, déployé, il fait son lit dans la rétine.

@detention-front-populaire

Madame,

Conformément à votre demande, en votre qualité de concubine du détenu Ernest Dormeil, nous vous informons par la présente de la remise en liberté de ce dernier le 13 avril 2050 à 9 am. Sa sortie s'effectuera par la Porte F du bâtiment 2.

Bulle est incapable d'opérer le moindre mouvement. Elle se tient debout, dans une immobilité extatique, le visage froncé par l'émotion.

« Qu'est-ce qui se passe, ça va pas ? »

Bulle se tourne vers Ethan, les yeux embués.

« Ernest sort dans une semaine. »

Sans bruit, comme pour ne pas perturber l'émotion de Bulle, on fait courir la nouvelle. En quelques secondes, tous les visages sont là, autour. Un peu benêts dans leur joie, dans leur belle empathie, celle qui rend heureux. Bulle prend l'un d'eux au hasard entre ses mains, entoure de ses bras le corps qui lui est rattaché.

Il s'agit de celui d'Ethan, qui vire au violet, jette quelques regards éperdus à ses camarades, puis déploie ses grands bras gris et incertains, donnant là la première accolade de sa vie.

Le 13 avril 2050, à 8 h 30, traversée par des ondes d'excitation, de joie, d'impatience, d'appréhension aussi, absolument frissonnante, Bulle se tient devant la Porte F du bâtiment 2. Il pleut. Par chance, la pluie n'est pas trop acide aujourd'hui. Bulle ne prête aucune attention aux gouttes qui mouillent ses longs cheveux, et ruissellent sur ses joues.

À 8 h 40, la pluie cesse.

À 8 h 43, ses joues sont sèches.

À 9 heures, l'épaisse porte métallique roule silencieusement, se rangeant à droite de la sortie désormais béante. Escorté d'un robot à face d'écran, Ernest apparaît. Elle perçoit mal son visage mais reconnaît immédiatement sa silhouette. Et une foudre délicieuse s'abat sur elle, conquiert son corps entier, devenu chaud et électrique. Elle avance, mais l'émoi rend ses pas timides, et pas aussi rapides qu'elle le voudrait. Bientôt pourtant, les deux corps sont réunis dans une embrassade passionnée, secoués de sanglots. Bulle se dégage pour pouvoir revoir enfin le visage adoré, inquiète d'y déceler la souffrance, les coups et les humiliations. Et en les trouvant tous, elle défaille, serre plus fort les avant-bras d'Ernest pour ne pas tomber. Une entaille à l'arcade, des yeux rouges et fatigués, une chair émaciée, teintée par endroits d'ecchymoses, et ce regard... Ce regard inconnu, insondable. Cette tristesse qu'il renferme et qu'Ernest cherche à faire taire en se grimant d'un sourire.

« Tu l'as gardé, souffle-t-il d'une voix cassée qui fait jaillir les larmes de Bulle. Pleure pas. C'est bien. »

Entre ses larmes, Bulle dévore ce visage tant aimé, ce visage qu'on a brisé.

« C'est bien », répète-t-il.

Il a recommencé à pleuvoir. Ils ne le sentent pas. Un hélicoptère vrombit au-dessus d'eux. Ils ne l'entendent pas. Ils sont deux grands enfants, chahutés par la brutalité, devant les hauts murs du camp, sous le crachin désolant.

Sur le chemin entre le camp et l'appartement, les silences intimident Bulle. Elle n'ose pas poser de questions. Ne veut pas brusquer Ernest. Mais lui ne semble pas enclin à parler. Il paraît pétrifié dans son mutisme, animé seulement par le sourire mélancolique que le ventre de Bulle fait naître et qu'il ne quitte pas des yeux, fasciné. Dans le métro, elle attrape sa main. Il sursaute, se tend, devient une boule de muscles bandés et de nerfs survoltés, rencontre le regard de sa femme, s'excuse.

D'une voix chevrotante, elle questionne enfin.

« Ernest, qu'est-ce qu'ils t'ont fait ? »

Il ne répond pas, la regarde. Doucement ses traits se détendent, se teintent d'amour. Doucement, elle retrouve son Ernest, entre les croûtes et les ecchymoses. Il sait qu'il faut qu'il parle, qu'il doit retrouver des réflexes relationnels, mais il ne sait pas quoi dire, l'horreur et la violence le bâillonnent face à la femme qu'il aime et qui porte son enfant. Alors Bulle décide de dire, pour forcer l'espoir et soigner la douleur. Pour essayer de faire revenir l'esprit de révolte, la foi en l'ailleurs, la résistance et la passion.

À voix basse, elle fait part du plan, de la fuite, elle explique la maison souterraine, le bastion qui est né là-bas, ivre de mots, elle dit la montagne. Un sentiment d'urgence la pousse à en révéler le plus possible le plus vite possible. Pour hâter le départ, pour conjurer le sort. À chaque phrase qu'elle abat comme autant de cartes victorieuses, elle attend de sentir l'excitation de son compagnon, elle espère percevoir enfin la vibration, peut-être même un soupçon d'admiration pour tout le travail accompli, pour le courage, l'ambition, pour l'ardeur et la ténacité, pour cette femme enceinte qu'elle est, pour cette maman qu'elle s'emploie à devenir. Mais elle parle, parle, et ses réactions à lui se refusent toujours. Alors lorsqu'enfin elle se tait, parce qu'elle a livré toutes ses cartes, elle considère le visage silencieux face à elle et se demande si son Ernest n'est pas défoncé. Mais non, elle voit bien que c'est une détresse qui l'abrutit et lui ravit l'envie. Il pose sa main sur celle de Bulle. Elle est sèche, et chaude, fait passer un frisson. Puis il sort un carnet d'une poche cousue dans son T-shirt. Le carnet que Bulle avait fait passer. Celle-ci s'anime à nouveau, émue.

« Oh tu l'as. J'avais tellement peur que ce connard de Vernan encaisse le fric et garde le carnet. Je suis heureuse ! Ça t'a aidé ? Tu as pu dessiner des plans, des trucs, tu as fait quoi ?

— Ça », répond-il en tendant le carnet ouvert.

Bulle découvre les plans d'un potager, d'un cyclotracteur, d'une pile de stockage, des calculs incompréhensibles, puis des plans encore, d'éoliennes, de dalles, ses dalles génératrices d'énergie, probablement. Des plans mêlant en réseau tous ces éléments. Des heures de travail exalté. Des croquis rêveurs de montagnes. Des fleurs imaginaires. Des pages, des pages et des pages. Le carnet est plein. Bulle relève un visage admiratif. Ernest esquisse un sourire. Cette douleur nouvelle qui l'habite... Bulle ne sait comment la traiter. N'en rien savoir est la prolongation de l'insupportable attente de le retrouver. Et déjà, cette inconnue s'érige comme un tabou entre eux.

« Alors on était sur la même longueur d'ondes, tout ce temps », dit-il.

Bulle acquiesce. Elle voudrait le presser de questions, à nouveau, retenter sa chance, faire éclater l'odieux non-dit, mais acquiesce seulement.

« J'ai rencontré des types, dit-il en remisant précautionneusement son petit carnet dans sa poche intérieure.

— Ah oui ? Tu t'es fait des alliés ? »

Bulle grimace intérieurement. Ses propres questions ou remarques lui semblent débiles, inadaptées. Ernest est inatteignable sur son île de violence qui dérive loin d'elle et elle se sent bien conne avec son vocabulaire de fille vierge de l'expérience de la prison.

« Ouais. Je voudrais qu'ils viennent avec nous.

— OK, OK.

— C'est des mecs bien.

— Je te fais confiance. »

Ernest parle lentement. Entre chaque phrase il déglutit, avec difficulté. Bulle boit ses paroles. Elle ne lui connaît pas ce débit malade mais en recueille religieusement chaque goutte. Et calfeutre le désarroi qu'il lui inspire.

« Y a Yatin. Il a vingt-six ans. Il vient d'Inde. Il a fui la sécheresse et les incendies. Il a été dans plein de camps de réfugiés climatiques avant d'être jeté là. Il ne sait pas quand il sortira. Y a Orson et Ashraf aussi. Eux, ils ont été condamnés pour affiliation à un makerspace aussi. Ensemble, on a résolu plein de problèmes sur les plans que j'avais commencé à dessiner. Ils sont bons. Et chauds pour partir. On l'a évoqué ensemble.

— Tu... T'as... T'as du mérite d'avoir pensé tout ça... là-bas. Ça a du être... dur. »

Merde, qu'elle est niaise, c'est pas possible. Elle ne sait plus comment parler à la personne dont elle est le plus proche.

« Tu les as rencontrés assez tôt, ces types ?

— Non, il était trop tard. Enfin. Je veux dire, j'y étais depuis pas mal de temps quand j'ai rencontré le premier. »

Bulle frissonne.

Alors qu'un pic de pollution fait tomber sur la ville une obscurité moribonde, Bulle pose sa tête sur le torse d'Ernest. Leur étreinte n'a pas eu lieu. L'exigence animale qui devait les submerger, leur ôter les mots de la bouche pour faire parler la chair, ce débordement qu'avait fantasmé Bulle s'est heurté à un réel glaçant, aux membres roides et endoloris d'Ernest. Et le tabou, la grande inconnue s'élève entre eux, se tortille pour les séparer, les éloigner, et Bulle s'agrippe, enveloppe, cajole, Bulle ne lâche pas son Ernest. Lui la serre, voudrait être là, ne parvient pas à être autre chose qu'un spectateur.

19.

Bulle a eu beau prévenir qu'Ernest était traumatisé par son expérience et qu'il faudrait se montrer calme et patient avec lui, ce dernier est accueilli par une liesse digne des plus grandes foules. Ernest a passé une semaine entre les bras de sa femme et contre son ventre, pour reprendre pied, dans un petit studio branlant loué à peu de frais. D'un coup, l'urgence pour Bulle était de retrouver celui qu'on lui avait pris quatre mois plus tôt, lui offrir un cadre rassurant, pour qu'il lui revienne. Pour qu'il parle. Qu'il exorcise. Mais Ernest n'a pas parlé.

Et ce soir, il est chahuté. On s'exclame, on prend le nouveau pensionnaire dans ses bras. Ce retour prend des allures messianiques. Bulle voit dans ce déploiement de joie un prétexte salutaire, un exutoire vital. Aussi, elle ne parvient pas à leur en vouloir tout à fait. Elle leur demande cependant d'arrêter de secouer Ernest, de le laisser se poser. À sa grande surprise, seul Ali se montre discret et œuvre d'ailleurs pour qu'Ernest puisse prendre place tranquillement. Il lui jette à cette occasion un regard humide qu'Ernest accueille avec une accolade.

Ernest s'assied comme après un tremblement de terre.

Des têtes penchées et émues le contemplent dans un silence amical. Bien vite cependant, le silence se fait inconfortable, et le premier raclement de gorge signe l'arrivée de l'embarras.

Bulle s'arrache à la douloureuse contemplation d'Ernest et prend la parole. Parce qu'il le faut.

« Alors Ernest, on va te montrer où on en est.

— Ben attends, on peut discuter deux minutes, non ? Tu sais que j'ai jamais autant attendu un mec que j'avais vu une heure dans ma vie, man ?

— C'est cool Tristan, mais Ernest est fatigué et je sais qu'il a envie, et besoin, de voir où on en est. Ça va lui faire du bien. Hein, Ernest ? »

Sans un mot, Ernest acquiesce.

Le ton change, et si la fierté du travail accompli est intacte, c'est avec les égards dus à un malade que l'on s'adresse à Ernest. Alors une fissure fait son chemin en Bulle, la fragilise. Et elle pose une main protectrice sur son ventre rond, sur l'enfant qui gigote.

Lors des démonstrations enthousiastes des six prototypes en état de marche, le regard d'Ernest s'allume par moments. Il est bien là. Il est bien là, l'homme qu'elle aime. Abîmé mais entier malgré tout. Le père de son enfant.

« Vous avez fait de quoi produire, stocker, et distribuer ?

— Ouais mon gars, lance Ethan.

— En quatre mois ?

— Ouais mon p'tit gars. Mais c'est grâce à toi qu'on va pouvoir vraiment penser la mise en réseau, parce que jusqu'à présent, on était un peu bloqués, à vrai dire. Bulle m'a dit que c'était génial ce que t'avais fait. Y a de grandes chances pour que tu nous sortes le cul des ronces avec tes croquis *old school.*

— Et tu bégaies plus ?

— J'ai jamais bégayé. J'hésitais. Ouais, ça va mieux. »

Ernest lève les yeux vers Bulle, lui sourit. Lui dit :

« Il y a tout. Vous avez fait tout ce dont on a besoin.

— Ouais, man. On a failli s'entretuer, mais on a bien bossé.

— Ouh là, on n'est pas tirés d'affaire. On est censés vivre ensemble maintenant », précise Élise.

« On va tellement s'entretuer », ajoute Ethan.

Ernest les regarde, chacun. Ne sait dire s'ils plaisantent. Dit, quoi qu'il en soit, avec ce rythme lent que les autres ne lui connaissent pas :

« Il va falloir du sang neuf... À six là-haut, c'est troquer une prison pour une autre... Moi, j'ai rencontré trois types. Deux sortent dans trois mois, le troisième ne sait pas quand. Je veux qu'ils nous rejoignent et que beaucoup d'autres nous rejoignent. »

Les yeux se baissent vers les mains, examinent une peau morte sur l'index, ou scrutent la table d'un air vague. Le fait est que l'assemblée a soigneusement évité jusqu'à ce jour d'évoquer les contours de cette vie en marge. Pour avancer sans doute. Comme des enfants, Bulle en tête, ils ont refoulé le reste du monde, pour construire les outils qui devaient servir à leur évasion.

« Non, mais dites quelque chose parce que moi j'ai pas signé pour ça. J'ai p-p-p-pas signé pour le gros truc dissident qui renvoie direct mon petit cul en taule. Il peut vous en parler, Ernest, j'imagine, de ce que ça fait d'avoir son cul en taule. Hein, Ernest ?

— Ethan ! Ferme un peu ta gueule, s'il te plaît. »

Bulle s'est raidie, a rougi.

Ernest se lève.

« C'est pas un projet, ça. C'est une fuite minable », lance-t-il à l'assemblée avant de gravir l'escalier en colimaçon.

Bulle s'attend à ce qu'il lui dise qu'il revient ou à ce qu'il l'invite à le suivre, mais encore une fois... il ne dit rien.

20.

Deux heures sont passées sur elle depuis qu'elle a reçu le mail. Face au corps inerte qui semble se ressourcer dans le sommeil, Bulle ne parvient toujours pas à éprouver une émotion dans laquelle se jeter complètement, par laquelle être emportée. Ernest vient de quitter la pièce, comprenant que sa femme avait besoin d'être seule avec sa mère. Elle demeure immobile sur la chaise. La sidération. Une demi-heure qu'elle ne bouge pas, qu'elle parcourt des yeux chaque détail du visage de sa maman, désormais serein, délesté de la grimace de la vie. La petite cicatrice à droite de la bouche, souvenir d'une chute dans l'enfance, les rides profondes du front, stigmates de l'angoisse et des préoccupations paralysantes, celles plus légères qui s'échappent au coin des yeux et disent les rires qui résonnaient souvent, malgré tout, avant la dégringolade existentielle. Bulle la trouve belle, sa mère. Sublime, même, dans son immobilité marmoréenne. Voilà des années qu'elle n'avait pas prêté attention à l'apparence de Jeanne, toute à l'affliction que lui causait sa condition psychologique.

Et les restes de l'entaille sur la main droite. Les séances d'automutilation. Et le tatouage sur le poignet renversé qui l'offre à la face du monde. Une silhouette noire d'hirondelle, minuscule. Un envol tout petit et immense pourtant, le cri de la liberté. Tout un tas de paradoxes gravés dans le corps de sa mère. Les baisers si doux et les crises d'angoisse, les histoires du soir et les râles de désespoir, les regards poétiques et l'anxiété qui étrique. Toute la complexité de sa maman lui apparaît soudainement. Les psychotropes ne font plus diversion, elle est là, entière, dans sa beauté et son échec. Elle a échoué à être heureuse, elle a quitté la vie avant que sa fille ne l'emmène avec elle. Son cœur a lâché. Crise cardiaque. C'est le mail qui le dit. Comme ça. C'est fini. Et une tornade s'annonce. La sidération s'estompe et laisse la douleur galoper. Bulle ne s'appartient plus. Elle dit à voix haute : « Maman. » Pour voir. Pour dire. Le mot tombe comme un cheveu sur la soupe. Un peu ridicule, un peu théâtral. Maman n'est plus. Alors les larmes se ruent, enfin. Bulle pose son visage mouillé entre ses mains. Sa mère ne l'a pas attendue, Bulle ne l'a pas convaincue. Elles devaient partir dans moins de deux semaines. Elles partiront, mais Jeanne sera en cendres.

21.

Tristan, Alma, Ali, Élise et Ethan ont pris la route pour Pau, voilà deux jours. Ils sont arrivés à bon port sans encombres avec le camion chargé de matériel glané dans des décharges la nuit, cagoulés, furtifs.

Ernest et Bulle, quant à eux, progressent sur le parvis de la gare de Lyon. Le thermomètre affiche 48 °C. Les portiques à reconnaissance faciale qui donnent accès à ceux qui ont acheté leur billet ou le droit d'y pénétrer, et bloquent celui de tous les autres n'ont pas découragé tout à fait certains égarés qui cherchent à les forcer, saouls de désespoir. Ces éternels migrants, nulle part à leur place, condamnés à une vie d'errance, poursuivent inlassablement le but d'entrer dans la gare, n'importe laquelle, lieu d'espoir illusoire, croyant à une échappée clandestine, pourtant proprement impossible, et au mieux peut-être, au bout du chemin. Des robots repoussent les charges pathétiques à coups de jets de poudre asphyxiante. Inexorablement refoulés, hommes, femmes et enfants recrachent au milieu des écrans publicitaires géants la poudre qu'ils ont inhalée. Tout autour s'érigent déjà les murs de silice du dôme en construction qui règlera enfin le problème.

Les râles d'un enfant suffoquant transpercent Bulle tandis qu'elle marque l'arrêt pour qu'on reconnaisse sa pupille et l'argent qu'elle a versé. Un haut-le-cœur entrave sa marche. Ernest l'attire à lui. Ils avancent dans un calme soudain et assourdissant, à l'écart et dans l'ignorance du chaos qui s'écrase contre les vitres. Le chaos, pourtant, Bulle l'emporte toujours avec elle. Où qu'elle aille. Sous les bulles, et sous la terre. Nul doute qu'il la suivra dans la montagne. Ne pas voir ne changera rien. Ne pas entendre les cris ne les rendra pas moins réels. Endurcie et déterminée, elle compose avec ce réel, assume de ne jamais l'ignorer, mais craint parfois les effets de la fissure qui progresse en elle. Son Ernest brisé par sa détention, sa mère disparue sans prévenir, ce ventre devenu sphère, ces petits coups donnés au-dedans avec de plus en plus de vigueur, ce projet aux contours encore flous, et cette vie incertaine qu'il annonce rendent les pas qui la conduisent vers l'hypertrain lents et réticents. Ernest l'entraîne d'un bras inflexible. Depuis sa libération, chaque jour apporte son lot de menus progrès. Il se montre doux, prévenant, mais parle toujours aussi peu. Et même ses plus jolies cajoleries exsudent une sève de souffrance qui poisse entre eux.

Elle aurait voulu accoucher à Paris, qui a le mérite d'être connu d'elle. Elle accouchera à Pau. Il a été décidé que lorsque la naissance sera imminente, Ernest et elle prendront un hôtel près de l'hôpital. Bulle ne veut pas rendre les choses plus compliquées, alors elle a tu son inquiétude d'accoucher avec de l'avance, au sommet d'une montagne inhospitalière parmi quelques geeks peu coutumiers de la péridurale.

Devant l'hypertrain qui doit les emmener, le couple patiente pour de nouveaux contrôles. Bulle tourne la tête en direction du parvis, distingue parfaitement les silhouettes expulsées. Un bras protecteur posé sur ses cinq mois de grossesse, elle dit au revoir à Paris.

Ernest soulève son masque et dépose un baiser chaud sur son front. Puis tous deux montent dans l'hypertrain.

Bulle ne s'y sent pas à l'aise. Elle peine à avoir confiance dans cette technologie pourtant éprouvée. Le fait qu'elle ne l'ait pris que quelques fois – le prix d'un billet étant prohibitif – ajoute à l'angoisse. Elle n'a pas eu l'occasion de s'accoutumer à l'idée de ce suppositoire sous pression propulsé à près de 1 000 km/h. Une voix synthétique informe les voyageurs du départ imminent. Le décompte crispe les muscles de Bulle comme si les secondes qui tombaient la séparaient du lancement d'une fusée à bord de laquelle elle n'aurait jamais du monter. À 0, une légère secousse se fait sentir, les ténèbres d'un tunnel dissolvent le monde alentour dans une drôle d'abstraction, puis plus rien, une étrange sensation d'immobilité seulement. Une immobilité lancée à 1000 km/h.

Bulle s'endort.

Ernest la réveille doucement. Elle ouvre des yeux confus. La lumière d'un soleil ardent.

«J'ai reçu un message d'Ali. Ils sont là, ils nous attendent. Tout va bien.»

Ernest prend leur unique sac de voyage sur son dos et tend la main à Bulle. Elle lui sourit. Intérieurement, elle tombe, comme à chaque fois qu'elle se représente leur arrivée dans ces montagnes nues qui ne les attendent aucunement, elles. Pauvres fous, résistants inconscients. Les désobéissants.

Sur le parvis de la gare de Pau, une tension pesante flotte. Des hommes et des femmes livrés à la rue se traînent au sol. Des canons à eau sur la façade du bâtiment sont prêts à repousser les délirants qui voudraient tenter de pénétrer dans la gare. Mais ne crachent pas. Bulle sent, tout contre le sien, le corps d'Ernest qui vibre de nervosité. Elle l'observe à la dérobée et découvre ses mâchoires contractées et un regard inconnu, injecté de sang. Il faut trouver les autres, s'échapper de là. Mais aucune silhouette familière ne se détache. En revanche, Bulle perçoit enfin les raisons de l'insupportable pesanteur. Au loin se dessine un char anti-émeutes. Aux environs, se tendent les cordons de police pour encercler la place. Les robots culminent, mais des policiers humains les côtoient, petits pions encapsulés dans des armures qui les écrasent.

« Il faut qu'on se casse de là, Ernest. Ils vont charger. »

Les méthodes de la police sont bien connues du peuple. La répression n'est qu'un pan de l'activité des forces de l'ordre. Dirigées par le pouvoir pour décourager toute revendication de ce dernier, elles réalisent aussi régulièrement des « coups de filet », en collaboration avec des milices privées, lors desquels ses serviteurs chargent arbitrairement des groupes d'humains rassemblés sur une place, les plus riches étant censés échapper à ce type d'embuscades car n'ayant pas vocation à se trouver sur place.

Ernest ne répond pas, l'entraîne vers la gauche, là où la ligne dense des soldats est encore en cours de mise en place. Mais à droite, les jets de gaz lacrymogène ont déjà commencé. Toute une partie de la place disparaît dans une fumée opaque qui dissimule les silhouettes de ceux qu'on entend suffoquer et vomir. Le cœur de Bulle se met à tambouriner. Est-ce possible ? Échouer avant même d'avoir posé la première pierre ? Avant même d'avoir vu le lac et les sommets ?

Bulle et Ernest se mettent à courir. Plus loin les boucliers, les robots et les quelques hommes avancent. Un coup de feu est tiré. Un homme tombe. Il s'était hissé en haut d'un écran publicitaire. Il disparaît au milieu des corps paniqués. Arrivés devant le cordon, Ernest et Bulle cherchent un soldat de taille humaine, un homme. En trouvent un. Bulle exhibe son ventre, mais le soldat l'ignore, implacable, refuse d'ouvrir une brèche pour les laisser passer. Alors ils longent le cordon qui progesse toujours, compresse la foule, trouvent un second homme, montrent le ventre, à nouveau. Bulle ne distingue pas les yeux de la personne à qui elle révèle sa vulnérabilité. Des lunettes opaques les dissimulent. Mais l'homme s'écarte, leur offre un passage.

Les gaz lacrymo brûlent la gorge et font venir les larmes. Les oreilles bourdonnent. Ernest et Bulle fouillent le monde qui a échappé au coup de filet. Du regard, ils avalent chaque parcelle de la grande rue qui se déploie devant eux, sale au sol, gavée de pubs aux murs. Un flash info évoque ce qui se passe en temps réel. On fait mentir les images. On évoque la légitime défense des forces de l'ordre, la protection des citoyens. Enfin, les holos d'Ernest et de Bulle vibrent en même temps. Ali envoie des coordonnées GPS.

En moins d'une minute, le groupe est enfin réuni, et c'est avec la précipitation de braqueurs quittant une banque tout juste dévalisée que Bulle et Ernest entrent dans le fourgon.

« Eh ben les mecs, on a eu chaud », lance Ali.

Bulle ne répond pas, enserre son ventre de ses bras, respire amplement pour calmer les battements fous de son cœur. Ernest passe un bras derrière sa nuque. Tout deux fusionnent sur la banquette arrière.

« Hey, c'est pas votre premier coup de filet quand même !

— Oh mais t'es con Tristan. Elle est enceinte », rétorque Élise.

Tristan s'excuse. On s'enquiert de l'état de Bulle. Ethan est prostré, ne desserre pas les dents, paraît terrorisé.

« Pardon, vraiment je suis un peu léger, mais on a fait un trajet tellement pénard, man. C'était hallucinant. On s'est dit, mais en fait "les censeurs, c'est nous". Enfin à part Ethan qui dit rien depuis le départ. Hein Ethan ? Tu dis toujours rien ?

— Ta gueule.

— Bon Ethan est peu loquace aujourd'hui.

— Mais tu te rends pas compte de ce qu'on risque si on se fait prendre ? se défend Ethan. T'es complètement délirant.

— Ouais ouais, c'est moi qui délire. Bref, on se disait : "c'est dingue, on se fait pas contrôler." Les checkpoints, les trucs, je m'en faisais une montagne moi, mais que dalle. On passait entre les mailles du filet, parce que la vérité c'est que le filet, il a pas été tricoté pour nous attraper nous. Nous, les citoyens sympas, on se flique, on se bride tout seuls, c'est ça qui se passe. Et ils l'ont bien compris là-haut. Ils ont instauré un climat de surveillance, ils laissent l'abrutissement par les médias et la consommation faire le reste, mais la vérité c'est que les gens se contraignent tout seuls comme des grands.

— Et ce qui vient de se passer ? Le coup de filet ? C'était pas pour nous peut-être ?

— Ouaaais. Mais c'est de la poudre aux yeux ça, man.

— Servitude volontaire, souffle Bulle, mélancolique au souvenir de Garnier.

— Ouais exactement ! poursuit Ali. Servitude volontaire ! On est sous le joug d'un colosse en PQ, et on peut le réduire en bouillie si les gens rejoignent des mouvements comme le nôtre. »

Ethan soupire.

« Mais t'inquiète, Ethan. On fera pas venir des délateurs. Arrête un peu. On te propose la révolution, le grand soir, et toi tu bougonnes.

— Fait chier le grand soir.

— Bref, poursuit Alma, Bulle, ce périple a tellement bien illustré ce que tu nous avais dit au tout début, tu sais. Moi, j'approuvais a priori, mais bon, c'est vrai que je flippais un peu de partir pour de vrai, sur les routes, de m'exposer à des arrestations. Mais rien ! Rien de rien. On nous a laissé vadrouiller tranquilles, on n'a même pas eu à sortir les billets que je tenais contre moi comme un talisman ! Limite, on s'est emmerdés à organiser notre suicide virtuel pour rien. Des heures pour hacker nos fiches d'identité en ligne, on aurait pu les économiser, j'ai l'impression.

— Et ce qu'on va faire là, c'est fort parce qu'on sera in-dé-pen-dants. Énergétiquement, alimentairement, ajoute Tristan.

— La putain de liberté ! s'anime Ali.

— Ouais, enfin si tout se passe bien, tempère Bulle. On n'y est pas. Tout reste à faire.

— On a perdu notre gourou, mesdames et messieurs. Ben alors Bulle, t'as un petit coup de mou, t'y crois plus ?

— Mais bien sûr que si. »

Bulle fabrique un sourire confiant, il lui fait presque mal.

« Et puis c'était la première fois qu'on la prenait la route, comme ça, pour traverser le pays, c'était grisant. On est certainement tout grisés encore, commente Tristan.

— Ouais, pourtant c'était bien glauque le paysage, nuance Élise. Merde, ces serres électriques à perte de vue, et toutes ces centrales, et les incinérateurs. On a flippé aussi quand même.

— Oui. Oui, admet Tristan soudainement happé par ses pensées. Oui, c'était bien sordide », concède-t-il, les yeux ronds et flous.

Les esprits s'embrasent, débattent mais n'abandonnent nullement la conviction du bien-fondé de leur présence ici. Et bientôt, le flot de paroles se fait plus timide. Parce qu'enfin la civilisation malade reste derrière eux. Parce que devant se dressent les montagnes, péremptoires. Un silence gorgé d'humilité avale tous les mots. Devant cette nature sublime qui avait déserté leur vie, chacun tend le cou pour s'en saouler. La verticalité dénudée les écrase avec volupté. Aucun écran, aucun mouvement de pixel, Bulle se laisse assommer par les sommets. Cet étourdissement est le meilleur qu'elle ait jamais ressenti. Ernest laisse reposer sa tête contre la sienne. Et dans le ventre, la petite forme un sourire.

22.

Le lac est toujours là. Bleu. D'un bleu cosmique, au milieu des cimes brunes et dentelées qui paraissent irréelles. Personne ne souffle mot. Il est des instants qui n'en appellent aucun, qui rendraient n'importe lequel un peu vain. Bulle se sert contre Ernest. Chacun avale goulûment chaque parcelle du paysage, tournant sur soi, fasciné et bouleversé. L'immensité absorbe leur présence. Ils sont si petits.

« Eh ben, vous voyez... »

Toutes les têtes se tournent vers Ali, effarées qu'il ait osé profaner le silence et très curieuses de ce qu'il a à dire.

« ... Moi, ce que ça me fait penser, c'est que l'humain est une sacrée tête de con prétentieux. Face à ça, je me dis, voilà ce qui nous a conduits au grand n'importe quoi, c'est juste une histoire de vanité, et de complexe. Faire des sous pour se sentir plus grand, moins minuscule en fait. Quelques-uns ont dominé le reste pour voler les moyens d'atteindre cette ambition débile. Et puis voilà. Tout connement. C'est moi qui ai la plus grosse, c'est pas la montagne.

« T'entends comme elle sonne bizarre, ta voix ? demande Élise.

— Ouais, elle est comme assourdie.

— Hey ! » crie Ethan qui s'était un peu éloigné.

Puis dans un geste exagérément théâtral, il retire son masque. Tous font de même, comment n'y ont-ils pas pensé plus tôt ?

Ils inspirent profondément.

Bulle embrasse Ernest.

Il faudrait se dépêcher. Monter le camp avant la nuit, mais les huit amis sont possédés par la nature. Impossible de se mettre tout de suite au trivial, à la logistique. Impossible. D'abord, il faut goûter tout à fait l'espace, l'air, cet échantillon d'infini. Il faut tanguer dans ce flot de sensations nouvelles, s'enivrer de l'absence de foule et d'écrans, du son du vent, qu'ils ne connaissaient que sifflant, hostile, entre les immeubles.

Après une bonne heure de sidération, on reconnaît qu'il est important que l'on commence à s'affairer. On insiste pour que Bulle se repose. On lui rappelle les recommandations des algos médicaux. Cela lui déplaît de ne pas pouvoir prendre part à la construction. Simple spectatrice, les mouvements de ses camarades lui évoquent l'agitation et son immobilité à elle, l'impuissance. Alors, elle décide d'aller faire un tour. Elle marche doucement, mais longtemps, longe le lac, le pas extatique. Aucun obstacle, pas de bousculade, de contrôle ou de cris, de la roche et de l'eau seulement. Le soleil est encore haut. Bulle n'a aucune idée de l'heure. Elle sort son holo. Dans la lumière crue de la haute montagne, la projection de celui-ci s'avère faiblarde. Elle pose une main en dessous. Il est 14 h 20. Elle se retourne en direction du groupe. Des petits pions animés dans le lointain, sous les cimes. Elle reprend sa marche, oblique légèrement à gauche. Ça grimpe. Attirée irrésistiblement par l'inconnu et cet ensorcelant sentiment de liberté, elle grimpe donc, précautionneuse, attentive à l'état du sol. Sans prévenir, un panorama spectaculaire s'offre à elle lorsqu'elle relève les yeux. Elle est essoufflée, mais ce souffle court est celui du sain effort. D'autres montagnes lui font face, gigantesques, et d'autres sommets tutoient le ciel. Des nuages généreux le sculptent et renvoient la lumière du soleil qui rebondit sur leurs voluptueux bourrelets. Un grand oiseau passe au loin. C'est la première fois qu'elle voit un oiseau. Elle s'assied. Elle est ivre. Totalement ivre de joie, et d'espérance, saoulée de beauté. Elle a bien fait. Ils amènent avec eux le meilleur de la technologie, un monde de sobriété, ils amènent avec eux l'envie de faire mieux, pour donner de l'amplitude à l'existence. Elle a bien fait. Dans cet instant de bonheur se glisse l'absence. Jeanne aurait tant aimé retrouver ici un peu de son enfance, et le souvenir d'un monde qui, s'il avait déjà commencé à basculer, pouvait encore se réinventer. Elle a été le témoin de ce naufrage fulgurant. Il semble qu'il ne trouve pas de fin. Le fond ne doit plus être bien loin pourtant, songe Bulle. Elle voudrait serrer le corps fragile de sa mère, déposer des baisers sur son front, et lui offrir ce qui se déploie devant elle. C'est si beau. Tellement éloquent. Ces montagnes seront toujours là si l'humain vient à bout de son suicide, et la nature reprendra ses droits. Elle suffoque maintenant, mais demain, indolente, elle grimpera le long des immeubles, forcera les barrages, le bitume, s'étalera et relèguera les dérives humaines au rang de mauvaise blague sans tellement d'importance. Bulle respire à pleins poumons, chasse l'idée de la fin. Le suicide n'aboutira pas. Pas pour eux en tout cas, désobéissants retranchés en montagne. Elle n'a pas fait tout ce chemin pour gloser sur la fin. Elle est venue bâtir le début. Trop de réflexions. C'est idiot de parasiter la contemplation avec tant d'agitation cérébrale. Il faut ne penser à rien. Bulle ferme les yeux pour encourager le rien. Elle repousse les intrusions mais au bout de quelques minutes, se sent autorisée à les rouvrir pour que seuls ses sens l'habitent. Et seuls ses sens l'habitent. Et les pentes, et les cimes, et le ciel semblent plus grands encore.

Mais tout d'un coup, sans qu'aucun bruit ou tressaillement ne le justifie, elle prend peur. C'est trop beau ici, trop calme. Et cet isolement... Son corps le rejette. Seulement habitué à la ville, à la proximité menaçante des autres, seulement habitué aux pollutions, aux grésillements, à l'agitation, le corps, corrompu par des décennies d'aliénation, construit dans une matrice elle aussi aliénée, accuse un vertige. Et Bulle avec lui panique. Elle craint l'esseulement, et redoute le surgissement du laid. Elle redoute le retour de la violence, à laquelle elle ne saurait comment répondre, toute droguée de beauté, titubante certainement. Elle en regretterait presque l'absence des robots chargés d'interrompre les accès de rage. Merde, face à tant de beau, elle se révèlerait si médiocre, avide d'une répression dont elle n'a cessé de dénoncer l'inefficacité ? Non, elle tente de retrouver le calme méditatif. La peur insiste. Mais Bulle reste. Et sent à nouveau le souffle doux du vent, l'entrée de l'air sans filtre par son nez, le soleil sur sa peau, et la majesté tout autour.

23.

Bulle toise discrètement le profil d'Ernest tandis que le ciel déverse un torrent sur le campement. La tendresse que celui-ci dépose à ses pieds chaque jour lui fait l'effet d'une politesse. Cette tendresse-là est cosmétique, elle est désolée et Ernest continue de se dérober. Il n'est toujours pas revenu de l'enfer et demeure muet sur ce qu'il y a vécu. Face à lui, Bulle se sent impuissante, et tenue à distance.

Les trombes d'eau, lourdes et ininterrompues, s'abattent sur les efforts du groupe qui a décidé de poursuivre la construction de la première maison malgré tout. Voilà trois jours qu'ils n'ont travaillé que quelques heures à cause de ces intempéries infernales qui semblent vouées à les décourager. Cette fuite céleste détrempe les bâtisseurs, les enlise dans la boue, et abreuve les tensions. Ils ont abandonné la veille l'édification de l'éolienne, trop périlleuse dans ces conditions, ont renoncé au montage de la maison principale, à la construction du récupérateur d'eau, se sont retrouvés bras ballants au sommet d'une montagne coiffée d'un ciel incontinent, le souffle court, la mine inquiète. Alors l'agressivité a fait son nid chez tous.

Aujourd'hui, pour combattre le grand néant boueux qui les afflige, ils ont décidé de tenter à nouveau de monter le récupérateur d'eau, mais l'averse est telle qu'ils n'y voient rien, et glissent, inexorablement.

Alors Alma se laisse aller à un accès de colère :

« Mais putain, on arrête là ! C'est ridicule ! On n'arrive à rien ! On fait pitié !

— On va y arriver, *my love.* Et comme ça, au moins, toute cette flotte sera pas perdue.

— Mais ta gueule, Tristan ! Tu crois pas que j'ai capté que c'était bien de récupérer l'eau ? Mais tu vois pas qu'on n'y arrive pas ?! Regarde-nous ! On est pleins de boue ! On a de la flotte plein la gu... »

Alma s'effondre, cédant au plaisir triste de se laisser aller à régresser, à redevenir un bébé qui hurle et pleure parce qu'il n'a pas d'autre moyen d'expression. Assise par terre, elle se met à frapper le sol, provoquant des petites gerbes de boue pathétiques.

« Mais qu'est-ce qu'on est venus foutre ici ?! Qu'est-ce qu'on croyait ?! Mais qu'est-ce qu'on va devenir ?! »

Sa voix, éraillée par la frustration et l'angoisse, se mue en de gros sanglots décomplexés vite engloutis par le fracas de l'averse.

Tristan vient la relever. Elle se laisse faire, molle et indolente à présent, trempée de désespoir.

Bulle subit un tel degré d'anxiété qu'elle ne ressent plus rien. Les yeux ronds, elle absorbe la scène dégoulinante qui se joue autour d'elle, spectatrice de sa propre vie.

« Bon, retour dans la tente », hurle Élise.

Une fois réfugiés dans la tente commune qui accueille leurs conciliabules, les membres du petit groupe ne trouvent rien à dire pour atténuer le goût âcre de l'échec, l'angoisse de devoir renoncer à ce qui devait les sauver. Bulle n'a même plus la force d'éprouver de la culpabilité, le sentiment de responsabilité assommant auquel elle s'était accoutumée.

Elle sursaute lorsqu'Ernest, tout près d'elle, casse leur contrition de sa voix grave.

« Bon. Je crois qu'on a là la parfaite illustration de la raison pour laquelle on a besoin de faire venir du monde. Et vite.

— Ernest..., commence Ethan d'une voix suppliante.

— Mais quoi, Ernest ? On peut rien à sept. Tu nous a vus patauger dans la gadoue, à pas pouvoir mettre une pierre sur l'autre, à se décourager en quatre putains de jours. Et puis quand bien même on s'en sortirait mieux, on aurait un temps plus clément, qu'est-ce que c'est que ce plan ? Vivre reclus dans nos montagnes, dans le secret, comme des fugitifs ? Mais moi, je veux pas que ma fille grandisse dans cette secte ! Moi je veux lui proposer un vrai truc ! Pas un camping qui héberge sept couilles molles. Vos potes, Tristan et Alma, ils n'arrivent pas, ils se sont dégonflés. On va pas les attendre éternellement. Et puis, même, on serait quoi ? Quinze ? À peine ? C'est pas assez. Il faut être ambitieux, merde !

— Mais moi j'ai les jetons. Je veux pas être jeté dans un camp, qu'est-ce que je peux dire d'autre ? continue Ethan, tremblant. Tu crois qu'on va nous laisser faire venir plein de monde dans un maker-space à ciel ouvert alors qu'en ville, on fait quatre mois de camp parce qu'on a fabriqué trois conneries dans un bidonville ? »

Ethan quitte la tente précipitamment, soucieux de dissimuler au groupe les larmes qui lui viennent.

« Mais où il va ? » demande Élise en le regardant s'éloigner du campement sous les hallebardes.

« Il va s'aérer, tranche Ernest. Il a raison.

— Écoute Ernest, clairement la taule t'a endurci. Bon. J'espère qu'on peut quand même un peu parler, commence Ali.

— Ah mais on peut parler. C'est pas moi qui me casse sous la flotte.

— Mais c'est pas rien, mon vieux, de faire venir du monde, n'importe qui, pourvu que le village grossisse. C'est peut-être un peu fou. T'es au courant que ça rapporte du blé la délation ? T'es au courant que ce qu'on fait là est illégal ? Alors un peu d'humilité. T'es pas obligé d'envoyer chier le monde parce qu'on se précipite pas pour accueillir la terre entière.

— Enfin, il n'a pas tort, tempère Élise. Qu'est-ce qu'on va devenir à sept ?

— C'est humain d'avoir peur, lance Alma, la voix encore sanglottante.

— Ouais mais c'est peut-être une réaction conditionnée là encore, se permet Bulle, restée en retrait jusqu'à présent. On sait bien qu'on ne fait rien quand on a peur. »

Deux heures sont nécessaires pour qu'un consensus émerge. Deux heures au cours desquelles la pluie ne faiblit pas mais excite les débats, les argumentations, force l'humilité, libère les aveux d'angoisse, les questionnements, et même quelques rires, le tout accouchant finalement d'une décision. Encore une. Plus grande et radicale que toutes les autres. La décision d'assumer l'ambition d'un projet de société. Les choses seront progressives, lentes peut-être. Les camarades de prison d'Ernest les rejoindront dès qu'ils pourront. La confiance sera un pari. Et ils exploiteront le Deep Web pour faire connaître le projet aux utilisateurs des plates-formes open source, à ceux qui font, et à tout ceux qui pourraient y être sensibles. Et un jour pas si lointain, ils pourraient compter suffisamment d'habitants pour constituer une vraie force, pour que le pouvoir ne puisse pas envisager de les enfermer tous, pour qu'il soit au contraire obligé de se positionner face à la société sobre et autosuffisante à laquelle ils auront donné naissance sur les cimes. Une société consciente d'elle-même, parce que chacun a le temps de penser, et de la penser.

« Et peut-être qu'on se plantera complètement, conclut Ernest. Que personne n'entendra jamais parler de nous, ou ne voudra venir nous rejoindre. Peut-être qu'on reviendra la queue entre les jambes. Mais au moins on aura essayé. Et puis on aura pris l'air. »

Chacun espère secrètement que tant de flamboyance leur vaudra l'arrêt immédiat des pluies diluviennes. Mais celles-ci se poursuivent quarante-huit heures encore. Seulement, la décision nouvelle leur donne une hargne, une pugnacité qui viennent à bout de l'érection du récupérateur d'eau. L'ouvrage est hasardeux, approximatif. Le lendemain, celui-ci révèle une fissure fâcheuse.

Mais le lendemain, il ne pleut plus. Et le travail reprend.

24.

Les contractions sont de plus en plus courantes. Indolores, elles rappellent néanmoins à Bulle que l'issue est proche. Si elle n'est pas mécontente de retrouver l'entière propriété de son corps bientôt, l'idée que l'enfant sorte d'elle, lui échappe, ne la ravit guère. Enceinte, elle sait comment la protéger, elles sont invincibles. L'idée est irréaliste, bien sûr, mais la rend forte. Mais hors d'elle, comment être certaine de toujours la protéger de la folie du monde ? Et si ces montagnes n'étaient qu'un illusoire rempart, comme plus bas les dômes ? Et s'ils ne parvenaient pas à faire émerger leur mouvement ? Et s'ils restaient un petit tas d'humains vulnérables et insignifiants ?

Les avancées du groupe sont pourtant tout à fait honorables, elle le reconnaît. Mais elles l'épuisent.

Et il est temps de les laisser un peu derrière elle. Il est temps de rejoindre le monde d'en bas.

Elle a embrassé tout le monde. On ne savait pas trop quoi lui dire. Alors on a dit « Forza », « Bon courage ! », avec les yeux mouillés, on a dit « Revenez-nous vite ! ».

Bulle prend le temps de jeter un dernier œil à la genèse de leur petite ville. L'arrivée progressive de nouveaux contributeurs a considérablement accéléré le développement de l'écosystème. Le mot s'est bel et bien répandu parmi les silencieux qui n'en pouvaient plus de subir leur existence. Des profils variés sont montés jusqu'ici. Des makers, bien sûr, mais aussi des curieux qui flânaient sur le Deep Web en quête d'un ailleurs, des autodidactes passionnés, des oisifs énergiques, des hommes, des femmes, des jeunes, des moins jeunes, deux enfants même. Bulle a craint farouchement la fréquentation forcée de l'Autre. Les faits lui ont donné raison. Il y avait des choses à craindre. Les disputes, les conflits d'egos ont menacé de gangréner le campement. La paranoïa s'est invitée en même temps que l'arrivée du premier habitant extérieur au groupe de la maison souterraine, s'est amplifiée avec ceux qui l'ont suivie. Tout comportement était passé au crible, potentiellement suspect. Cependant, le travail, la collaboration qu'il induit, et les fruits concrets qu'il produit créent une satisfaction et une symbiose qui offrent de belles trêves, de plus en plus longues. Et Bulle perçoit la promesse de l'endroit. Chaque jour, elle se fait plus tangible et plus séduisante. Elle qui goûte si peu la vie en communauté voit comment ce cadre, infiniment vaste, peut être le siège d'une existence harmonieuse où les désirs d'intimité et de solitude sont assouvis, où les besoins essentiels de l'humain sont comblés, où la sobriété rend libre. Seulement, avant que leur petite ville ne soit aboutie, et que la technologie facilite l'existence de ses habitants au point de ne pas avoir à interagir si on ne le souhaite pas, avant que chacun se sente à sa place et en confiance, il faut se parler, beaucoup, débattre, argumenter, conditions *sine qua non* de la co-construction. Si la chose peut être stimulante, elle est aussi éreintante. Et pour faire face aux frictions plus ou moins violentes qui écloraient quotidiennement, le noyau historique du groupe a dû se reformer et ses membres se concerter afin de trouver des issues aux divergences d'opinions, aux suspicions et autres querelles qui entravaient la bonne marche des réflexions et de leurs concrétisations. Leurs prises de bec et batailles d'egos de la maison sous terre leur ont appris deux, trois principes de la vie en communauté pour éviter les homicides. Aussi, ils ont abandonné le bâton de parole mais ont mis en place un système politique. Absolument démocratique dans son fonctionnement, il soumet les décisions au vote, implique des cessions de concertations, des brain-storming encadrés. La place octroyée à la prise de parole est fondamentale. Il a été établi que les discordes provenaient pour une part non négligeable de frustrations, d'une aigreur générée par le sentiment de ne pas être écouté ou valorisé. Alors, à défaut de pouvoir calmer ou contenir toute la diversité des passions humaines, on a mis en place des rendez-vous hebdomadaires lors desquels quiconque le souhaite peut faire part de ce qu'il vit mal, de ce qui peut être amélioré dans la gestion du lieu afin d'éviter les crises. Depuis lors, ces réunions couvrent des sujets aussi variés que l'amélioration du système de compostage, l'agressivité de Lukas dénoncée par Tom, le code du logiciel qui régit le stockage de l'énergie, les doutes de Marie énoncés par elle-même, des propositions visant à organiser des séances de projection de films, la paranoïa d'Ethan ou le caractère hostile des silences d'Ashraf que Vera ne sait pas interpréter.

Ces efforts dialectiques ont conduit à une logistique huilée, adossée à une répartition des tâches systématique. On ne laisse aucune place à l'approximation quand on a pour projet de changer le monde. Et la chose fonctionne. Chaque semaine, le groupe gagne en efficacité. Les réunions bordéliques et interminables des débuts sont désormais courtes et pragmatiques. Elles sont une fierté pour ceux qui les ont initiées au même titre que l'éolienne qui culmine à dix-huit mètres et offre déjà de quoi électrifier le campement.

La micro-ville autosuffisante compte à présent quarante-sept habitants. On a déterminé qu'elle serait capable d'ici six mois de produire une grande partie de sa nourriture, son énergie, de valoriser ses déchets et de tourner ainsi, en circuit vertueux, ignorant bientôt avec insolence le monde archaïque qui l'encercle. Bien sûr, les cultures étagées ne suffiront pas à produire de quoi nourrir tout ce beau monde avant quelque temps, et le stock de pilules nutritives financé par les économies de Bulle demeure indispensable, ce qui limite les possibilités de croissance immédiate du hameau. Mais l'autonomie fait son chemin, deux éoliennes tournent déjà, la méthanisation est en cours d'activation, et le système géothermique d'une autodidacte brillante prénommée Bintilli semble sur le point d'aboutir lui aussi. La mise en réseau des contacts a permis de créer une chaîne d'approvisionnement qui devrait autoriser sous peu le lancement de la construction de l'immeuble passif. Les codes des uns et des autres, leur collaboration, les défis qu'ils se lancent, donnent le jour à des techniques toujours plus performantes et la mise en réseau informatique de tout ce qui est produit, consommé et rejeté génère une optimisation des ressources qui fait de l'inconfort des premiers temps un souvenir.

Mais ce que cette vie au grand air a apporté de plus précieux à Bulle, c'est Ernest. L'homme qu'elle aime lui est revenu, enfin. Elle ne sait toujours rien de ce qu'il a vécu en prison mais sa reconstruction est en marche. Il se répare en même temps qu'il bâtit leur vie, et sa tendresse ne sonne plus faux. Il s'attendrit, baisse la garde, respire, rit à nouveau. Ce rire chéri qu'elle n'avait plus entendu depuis des mois résonne enfin et les secoue tous les deux, au cœur de leur petite maison de bois, dans une complicité régressive et délicieuse. L'horreur, il la dira plus tard. Quand il voudra, quand il pourra. Ces retrouvailles progressives, qui n'ont rien de spectaculaire et ont déjoué ses fantasmes, laissent Bulle pétrie d'amour.

Elle attarde son regard sur le chantier. Les maisons qu'ils ont designées et montées en kit, comme la serre, les potagers, les éoliennes... Les choses tiennent la route, rien ne ploie, rien ne tombe, et les pales tournent vite, haut et fort. Il y a de quoi avoir confiance. Pourquoi alors cette angoisse, qui refuse de la laisser tranquille ?

Ernest la fait sortir de ses pensées. Sans un mot, il demande si elle est prête. Sans un mot, elle saisit son bras, puis tous deux montent dans la voiture.

25.

Antonia a vingt minutes, des yeux immenses, un nez tout petit, une bouche divinement ciselée. Bulle la contemple, fascinée par cet être qui l'a habitée pendant près de neuf mois, qu'elle connaît et qu'elle découvre pourtant. Penché au-dessus de la mère et de l'enfant, Ernest a le cœur qui déborde. Le nouveau-né dessine de drôles de gestes avec ses petits bras, les tendant dans une onde qui se propage jusqu'au bout de ses doigts délicats et avec une lenteur venue d'un autre monde, aquatique. Son calme est celui d'un sage centenaire. Ses grands yeux scrutent, curieux et attentifs, le visage de la maman. Bulle s'absorbe dans ce regard d'une intensité à nulle autre pareille. Face à sa petite, elle est humble. Elle fait l'expérience du sentiment le plus profond et le plus intimidant qu'elle ait jamais éprouvé.

Dans le couloir résonnent les voix des flash info, qui se mêlent à celles des programmes putassiers. Mais ces trois-là ne les entendent pas. Pour eux, à cet instant, le reste du monde a cessé d'exister, les minutes ont cessé de se relayer, ils flottent dans un présent absolu.

« Pour seulement 25 euros par mois, je mets mes rêves à mes pieds ! Shoezyyyyyy. »

Bulle sursaute, Ernest se raidit, prêt à se battre, Antonia écarquille les yeux. L'écran de la pièce émet à nouveau. Ernest a payé plusieurs heures sans écran, il faut croire qu'elles sont toutes passées. Bulle sert Antonia plus fort contre elle. Elle ne laisse aucune prise à l'extrême irritation que lui inspire la situation, mais conserve au contraire son regard doux et confiant. Car c'est ce qu'elle souhaite transmettre à sa petite : la confiance, la force. Elle n'a plus le droit d'être l'esclave des émotions délétères que le monde provoque en elle. Ernest ne parvient pas à éteindre l'écran. Il a beau apposer l'holo en face du capteur pour être débité à nouveau et faire taire l'objet, rien n'y fait.

« Il doit y avoir un bug. Je m'en occupe, je me dépêche », dit-il à Bulle avec un sourire amoureux qui enfouit son exaspération.

Bulle lui rend son sourire, mais sait qu'il va être compliqué d'obtenir une aide rapide. Pas un humain ne traîne dans le coin, et les robots sont monotâches, ceux qui glissent dans les couloirs avoisinants sont des accoucheurs. Peut-être sont-ils d'ailleurs tous occupés. Bulle se concentre pour ne pas paniquer tandis qu'un flash info commence. Happée toujours par le regard magnétique de sa fille, elle veut ignorer les courts récits de catastrophes qu'une présentatrice enchaîne avec gourmandise, sûre de son pouvoir hypnotisant et de l'audience qui en résulte. « Terrorisme », « lutte armée », « viol », « fusillade », « incendie », « gale », « cataclysme », « ouragan », « morts », « blessés ».

Au comble d'une excitation quasiment sexuelle, cette dernière s'interrompt brusquement.

« Priorité au direct, on me signale qu'une explosion vient d'avoir lieu au Shopping Center. Comme vous pouvez le voir sur ce flux, les dommages sont horribles. Horribles. Certainement beaucoup de morts. Toujours pas sous dôme, il fallait s'attendre à ce que les employés du Business Center soient attaqués. Déjà 2500 corps seraient morts. 2500 corps, et le bilan va être plus lourd, c'est sûr. On voit à peine les morts au milieu de la fumée. Elle est très épaisse. C'est pas impossible que d'autres explosions arrivent. On retrouve tout de suite Elex, à seulement quelques mètres du lieu de l'explosion. Elle est vraiment dans le cœur de la scène. »

L'image se fend en son milieu, laissant apparaître à droite une femme d'une beauté surnaturelle. Elex est une créature digitale, sans existence physique. Elle n'en est pas moins un fantasme national. Dans un français encore plus pauvre, et au milieu d'une scène de chaos, elle reprend les quelques racoleries qui viennent d'être prononcées en plateau. Autour d'elle errent des hommes et des femmes hagards et ensanglantés. Le flux de vidéos, produites par des passants et sélectionnées par des algorithmes, apporte dans une troisième fenêtre un peu plus d'horreur à l'horreur. Elex nous apprend que l'attaque vient d'être revendiquée en direct sur sa chaîne YouTube par Oxo. Ses équipes ont déjà réalisé un petit film qui la met en scène. Il y a une explosion, du feu, des cris, des membres éparpillés, et beaucoup de sang. Pour habiller tout cela, un fond de Chaoss agresse les oreilles, excite les sens.

Impossible de se détourner de l'immondice, de fuir l'indignité. Elles pénètrent Bulle, saccagent la beauté du moment, répandent leur boue. Bulle a la gorge serrée. Elle se sent prise au piège dans cette chambre, qui, si elle la quittait, laisserait de toute façon place à un couloir criblé d'écrans. La petite s'endort dans ses bras. Enfin, l'écran redevient noir, et le déferlement du monde mourant cesse. Ernest entre dans la pièce quelques secondes après.

«Je suis désolé, j'ai un peu galéré. Ça ne reviendra pas. J'ai repayé pour 24 h.

— Ils ont fait sauté le Shopping Center.

— J'ai vu oui.

— Y avait plein de gens dedans.

— Je sais.»

Il reprend sa place auprès de Bulle, en haut du lit. Tout deux se regardent longuement sans rien dire.

«Je veux qu'on retrouve nos montagnes, Ernest. Vite.

— Je sais. Moi aussi. Tu te reposes cette nuit. Et demain, on est partis.

— J'ai l'impression que les choses ont empiré en quelques mois. Ça s'intensifie. J'ai l'impression que c'est la fin qui se joue. J'ai du mal, Ernest. Avec cette pureté, et cette innocence dans les bras... Imaginer leur confrontation... Ça me fout une gerbe atroce. Ça me panique. Je sais qu'on travaille à autre chose, tout ça. Mais j'ai peur qu'on n'aille pas assez vite. Je ne veux pas que ce monde dégénéré l'atteigne, c'est abominable comme idée.

— Regarde comme elle va bien. Comme elle est sereine. »

Bulle se penche à nouveau sur la toute petite. C'est vrai qu'elle a l'air sereine.

« On va en finir avec la fin du monde. C'est ridicule tout ça. »

Bulle lève les yeux vers Ernest. Il a dit cette phrase avec une assurance flegmatique et il regarde sa fille en souriant doucement. Elle espère que c'est vrai.

Dans la nuit, elle se réveille en sursaut, prête à nourrir sa fille. Mais celle-ci dort paisiblement. Une clarté lunaire s'est invitée dans la pièce et fait émerger le tout petit corps de l'obscurité. Bulle se dresse sur un coude pour mieux s'enivrer de sa présence. Antonia respire doucement. Son immobilité est toujours aussi tranquille. Cette fois, l'émotion ne vire pas à l'inquiétude. En regardant sa fille, Bulle songe qu'elle est sa chance, ce tout petit être affirme sa pugnacité et sa force, interdit les jérémiades et les faiblesses. Vibrante sous l'afflux d'un amour combatif, elle se relève doucement, s'assied sur le rebord du lit. Penchée au-dessus du berceau, elle sent la volonté d'être heureuse s'infiltrer en elle. Car pour son enfant, elle devra être celle qui, avec Ernest, donnera confiance, des clés de compréhension, transmettra une éthique, proposera un rapport au monde, celle qui encourage la quête du sens et du plaisir. Alors elle recherchera activement la joie. Où qu'elle soit.

26.

Les petites maisons grimpent sur les pentes à présent, presque jusqu'au sommet de la montagne. Passives, elles ne nécessitent ni chauffage, ni climatisation, leur isolation thermique garantit 22 °C toute l'année. Les premières à avoir été bâties sont en bois. Quand le bois est venu à manquer, Yatin, récemment arrivé, a suggéré de passer à des constructions en carton. Goguenards d'abord, on l'a finalement écouté. Puis un autre a dit savoir comment se procurer ce matériau auprès d'une connaissance. Deux convois se sont relayés. La connaissance est restée.

Le système de purification des eaux de pluie fonctionne, les dalles podogénératrices d'Ernest aussi, le potager est généreux, une serre géante abrite la production de céréales et de légumineuses, et en complément des éoliennes, du verre photovoltaïque a été installé aux fenêtres. Les déchets organiques sont méthanisés, produisent de quoi chauffer l'eau des maisonnettes. Il y a de l'eau, de l'électricité, des vivres, du temps, de plus en plus de temps, des réparations, des idées et des engueulades. Il y a tout ce qu'il faut, et surtout rien de trop. Il y a de la vie ici, songe Bulle. Antonia approche d'un pas incertain de géant minuscule, lui tend un caillou. Bulle la remercie, ne sait pas résister à l'envie d'embrasser se joue rose et ronde. Antonia s'en retourne à son exploration. Plus loin, Ernest considère l'engin tout-terrain qu'il a conçu. C'est son deuxième prototype. Avec le premier, il est parti explorer les environs il y a trois mois. Il est revenu avec une nouvelle : d'autres campements comme le leur existaient. Il venait d'en découvrir un. Il déboula dans la petite maison qu'il habitait avec Bulle et Antonia, rouge, transpirant et le souffle court. Il articula sa révélation avec une excitation d'enfant. Comment avaient-ils pu croire qu'ils étaient les seuls ? Bien sûr que d'autres existaient ! L'humanité n'était pas prête à mourir. On se rebiffait, on s'organisait pour quitter le marasme. Bien sûr !

Ali fait une blague que Bulle n'entend pas, et qui fait sourire Ernest. Bulle devine la fossette qui vient de se dessiner sur sa joue gauche.

À la suite de cette prise de conscience, il fut voté qu'il était temps de casser la discrimination qu'impliquait une effervescence du mouvement basée uniquement sur le Deep Web, et de faire venir des « déconnectés », des populations migrantes ou issues des bidonvilles, privées de connexion Internet. Alors on lança, non sans que la communauté ne frémisse du risque couru, la première virée de recrutement IRL. Ali et Ernest partirent en ville. Bulle cacha son angoisse à l'idée qu'une nouvelle fois, on lui arrache Ernest, qu'on le fasse souffrir. Elle sourit et dit « À ce soir » parce que cette virée était nécessaire pour que leur utopie ait un poids. Le projet était d'accueillir de nouvelles personnes, et surtout d'en former afin que d'autres oasis voient le jour ailleurs. Et Ernest est revenu. Avec trois hommes, deux femmes, et deux petites filles qui ne parlaient ni anglais ni français, et qui avaient faim.

La révolution poursuivit donc son cours, prit de l'ampleur, toujours discrète, toujours résolue.

De nouveaux désobéissants les rejoignent chaque mois, ou viennent se former.

Antonia s'est assise près de sa mère. Demain, elle fêtera son premier anniversaire. Pour l'instant, elle s'affaire avec une concentration imperturbable sur une fleur bleue. Elle se penche, puis se met à commenter sa découverte dans son langage de bébé. Bulle contemple sa petite nuque, son crâne rond, ses cheveux si fins qui commencent à boucler derrière ses oreilles, elle regarde son dos délicat mais musclé déjà, ses frêles épaules penchées vers la terre. Cette silhouette bouleversante fait monter quelques larmes au bord de ses yeux.

Bulle a fait le deuil de la protection absolue, de la préservation maladive de la pureté du nouveau-né, elle accepte que sa fille se cogne à la vie, que peut-être elle soit en contact avec ce monde tellement honni sur lequel elle et ses compagnons tentent d'avoir un impact décisif. Elle est convaincue qu'Antonia sera armée pour y faire face. Et que c'est bien tout ce qui compte. Tout le reste n'est que chimère. Elle sera une petite fille robuste, puis une femme forte. Elle tiendra tête à l'inacceptable, et elle saura saisir et apprécier ce que l'existence a de plus joli à offrir.

Soudainement, Antonia cherche le contact de sa maman. Elle se retourne, rencontre les yeux maternels qui la couvent, et sourit. La bouche s'étire immensément et dévoile huit petites dents blanches, une fossette se creuse sur la joue gauche, le nez se retrousse, les yeux illuminent le monde, et partout sur ce visage sans défaut, une joie impériale se répand.

Bulle lui sourit en retour.

Et, dans la terre, tombent deux larmes.

Épilogue

La main d'Antonia repose, paisible et fripée sur le garde-corps de la fenêtre. À son annulaire luit la clarté nacrée de la grosse perle. Et devant, l'océan des toits parisiens s'étend. Çà et là, percent les taches vertes des toitures végétalisées foisonnantes, au milieu de l'ardoise et du zinc. Le temps est superbe, son éclat chatouille Antonia, lui donne envie de courir la ville, de se perdre dans l'air du dehors. Mais elle prend son temps, laisse monter l'envie, absorbe avec volupté les rayons du soleil.

Les humains ont été fauchés. La baisse de la fertilité, la faiblesse croissante du génome, les catastrophes naturelles de plus en plus violentes, les famines ont décimé les hommes et fait décroître la population mondiale de 2 milliards d'individus en moins d'un siècle. Et l'épidémie causée par le réchauffement climatique qui dégela un super virus jusque-là enfoui à des dizaines de mètres de profondeur dans la glace sibérienne enfonça le clou. C'est ainsi que l'humanité ne comptait plus que

3 milliards d'individus en 2067. Antonia avait alors seize ans et vivait encore dans les Pyrénées. Les communautés alternatives comme celle que ses parents avaient créée avaient essaimé loin de la fourmilière moribonde et survécurent. Cinq ans plus tard, elle décidait de gagner Paris pour aider à sa reconstruction, pour faire partie de ceux qui insuffleraient cette vitalité nouvelle et nécessaire à une capitale emblématique. C'est tout l'ancien monde que cette épidémie avait emporté avec elle. Elle avait achevé une civilisation devenue malade. Et les survivants durent s'organiser, prendre leur vie, la Vie, en main, apprendre à la respecter. Antonia et sa famille avaient dans ce domaine une belle longueur d'avance. Des communautés similaires étaient nées, ailleurs, partout, et attiraient un nombre croissant de personnes. Les parents d'Antonia pensaient même que leur objectif était sur le point d'être atteint, que les dirigeants allaient peut-être être obligés de les écouter. Mais la mort se répandait et empêchait de penser. Et il fallut aller au bout du pire, pour ensuite, tout reconstruire.

Antonia suit des yeux les sillons secs qui parcourent sa main, les taches brunes qui la maculent et commencent à crier son âge. Et la perle, immuable. Elle se sent si jeune. Il lui est toujours étrange de reconnaître sur son corps les stigmates de la fin. Qu'importe, celle-ci est encore assez lointaine. Soixante-seize ans, c'est la fleur de l'âge.

Antonia sort de chez elle. D'un pas léger, elle descend l'escalier. Elle part chercher Hector à l'école. Elle passe par le grand potager de la rue La Fayette. D'un signe de tête souriant, elle salue un couple de voisins venus récupérer quelques légumes pour le déjeuner, quelques fraises aussi. Les fraisiers s'affirment, généreux, depuis quelques jours.

Puis elle descend la rue sous les clameurs d'oiseaux motivés pour s'accoupler. Elle vient de toucher son revenu universel. Elle voudrait faire un voyage avec son petit-fils. Hector a six ans, ce serait sa première escapade hors de France. Il n'est plus nécessaire d'être immensément riche pour se déplacer. Seulement on sait qu'aller loin a un coût. Alors on part peu, mais on fait de chaque voyage une aventure. Antonia est indécise. Où emmener Hector ? Le monde est si vaste. Elle pourrait aller dans le sud de l'Espagne. En rentrant, elle irait voir ses parents. Bulle et Ernest sont restés vivre dans les Pyrénées. Au fil des ans, ils les ont arpentées, explorées, ne s'en sont jamais lassés. Ernest a fêté le mois dernier ses quatre-vingt-treize ans et conserve toute son énergie. Bulle, qui a quatre ans de moins, est tout aussi vaillante. Ils ont dû se résigner à ne plus pratiquer la varappe mais continuent de faire des randonnées, en amoureux le plus souvent. Antonia descend les voir deux fois par an et les reçoit souvent dans son salon, sous forme holographique. Ils la font rire. Ils sont drôles, ont toujours plein d'histoires à raconter, de réflexions à partager.

Oui, l'Espagne, c'est une bonne idée. Ils n'ont pas souvent vu Hector. Ils seront ravis. Un mois. Oui, un mois ce sera bien. Il faudra dire à Jo qu'elle sera *offline* jusqu'à juin pour les Péruviens. Jo est son concubin depuis dix ans et tous deux travaillent avec une coopérative de Lima à l'implantation dans le pays de leur système de dalles à production d'énergie. Avec son père, Bulle a perfectionné le système dont il avait mis au point le premier prototype. Jo et elle partagent l'expertise avec qui le leur demande. Cela fait sept ans qu'Antonia y consacre une partie de son temps lorsque le besoin est là. Elle n'est pas payée pour cela. Elle est passionnée. Tout leur système est open source, ils interviennent en tant que consultants pour résoudre des problèmes pratiques, au cas par cas. Le produit de départ s'est considérablement perfectionné depuis sa mise en ligne, grâce aux contributions diverses qu'il a suscitées. Déposer des brevets est désormais illégal. Le progrès technique n'a jamais été aussi vif. En collaborant comme jamais auparavant, hommes et femmes atteignent l'excellence et produisent une technologie utile, durable et performante. Ils n'en sont plus les esclaves, les pantins agités. Car toute personne qui le désire peut la sonder, la comprendre, se l'approprier comme bon lui semble. Cela a eu des conséquences fondamentales sur la production d'énergie, intégralement assurée désormais par les hommes et les éléments.

Antonia n'a pas eu beaucoup d'emplois rémunérés dans sa vie. L'emploi n'existe presque plus.

L'automatisation a poursuivi son irrésistible ascension. Mais désormais les hommes ne sont plus fous de désœuvrement. Ils reçoivent chaque mois un revenu inconditionnel, fruit d'une redistribution rigoureuse des richesses, qui leur permet de subvenir à leurs besoins. Ceux-ci se sont avérés peu nombreux, et la société de consommation est un souvenir qu'on trouve risible. En apprivoisant la liberté, en ayant le temps de réfléchir, ceux-ci ont fait tomber l'ultra-consumérisme en désuétude en quelques années. On n'achète plus pour se sentir exister, on ne jette plus, on répare, on produit, on fait pousser. Le renversement des valeurs et l'avènement d'un système collaboratif porté par des entreprises devenues pour la plupart des coopératives a replacé la création humaine, la protection du lien social, au centre des sociétés.

Le travail est devenu un choix, l'exercice d'une compétence utile qui rend fier. Et avec ou sans rémunération, Antonia a beaucoup travaillé. Elle a construit des maisons avec et pour des gens qui n'en avaient pas, elle a pris soin de ses enfants, de ceux des autres, elle a écrit trois recueils de poésie, elle a appris le français, l'anglais à des dizaines de personnes, elle a enseigné le code, a monté un festival de documentaires, nombre d'événements culturels. Elle a eu mille vies et pense en avoir encore autant devant elle.

Face à l'école, Antonia s'adosse à une barrière pour attendre le petit et observe les jeunes parents venus chercher leur progéniture. Au bout de quelques minutes, Antonia elle aussi ressent les tressaillements d'une joie impatiente à l'idée que son petit-fils coure vers elle, entre les enfants qui déferlent sur le trottoir.

Enfin, les portes s'ouvrent.

La photocomposition de cet ouvrage
a été réalisée par
GRAPHIC HAINAUT
59410 Anzin

Imprimé en France par CPI
en décembre 2016

Dépôt légal : janvier 2017
N° d'édition : 55432/01 – N° d'impression : 137968